文豪たちのスペイン風邪

Literary & Pandemic

紙礫

14

目次

Ⅰ　流行感冒

I

流行感冒

十一月三日午後の事

志賀直哉

晩秋には珍しく南風が吹いて、妙に頭は重く、肌はじめじめと気持の悪い日だった。自分は座敷で独り寝ころんで旅行案内を見て居た。さし当り実行の的もなかったが、空想だけでも、こう云う日には一種の清涼剤になる。そして眠れたら眠る心算《つもり》で居た。其処に根戸に居る従弟が訪ねて来た。

自分は起きて縁側に出た。従弟は庭に溢れている井戸で足を洗いながら、

「今日大分大砲の音がしましたね」と云った。

「あっちの方に聴えたね。小金ヶ原あたりかしら」

「演習がもう始まったんだな。昨日停車場へ行ったら馬が沢山来ていた」

従弟は足を拭いて上って来た。二人は椅子の部屋に来た。従弟は自分の手にある旅行案内を見

ると、

「そんな物を見て何かむほんの計画でもあるんですか」と云った。

二人は旅行の話をした。九州の方へ行くとすると汽車より濠洲行きか何か、船の方が面白そうだというような話をした。そして長崎までの汽車賃と船賃とを、その本で調べたりした。

蜂が四五疋、鈍いなりに羽音を立てて其辺を飛び廻った。毎年今頃になると寒さに弱った蜂が陽あたりのいい此部屋の天井へ来て集る。今年は子供がそれを手づかまえにしかねないので、気がつくと蠅たたきで殺して居た。で、今も自分は従弟と話しながらそれ等を殺しては捨てて居た。

「今日は七十三度だよ」

「七十三度というと、どうなんです」

「今頃七十三度は暑いじゃないか。一寸した山なら夏の盛だ」

「それに蒸すんですよ。蒸すからこんなに頭が変なんですよ」そう従弟の方で説明した。そして「今まで昼寝をしていたんだけど……」と顔を顰めながら、大分延びた丸刈の髪を両手の指で逆にかき上げた。

「久しぶりで散歩でもしようか」

「しよう」

「柴崎に鴨を買いに行こうか」

「いいでしょう」

自分は妻に財布とハンケチを出さした。妻は、

「町のお使は如何するの？　其鴨は今晩は駄目なの？」と云った。

「今晩は駄目だ」

二人は庭から裏の山へ出た。北の空が一寸険しい曇り方をして居た。畑から子《ね》の神道に出て、暫く行って又畑の間を小学校の方へ曲った。成田線の踏切を越して行く騎兵の一隊が遠く見えた。皆帽子に白い布を巻いて居た。

暫くして自分達も其踏切を越した。すると今度は後から歩兵の一隊が来た。其時それはかなり遠かった。二人は余り注意もせずに話しながら来たが、其一隊は寧ろ案外な早さで、間もなく自分達の直ぐ背後に迫って来た。

「屹度敵を追いかけて居るんですよ」と従弟が云った。

此蒸暑いのに皆外套を着て居る。幾ら暑くてもそれは命令で勝手には脱げないらしい。帽子だけは皆手に持って居た。それには矢張り白い布が巻いてあった。然しそれも先頭に歩いていた若い士官が一寸後を向いて何か簡単な号令をかけた時に皆は被って了った。蒸し風呂から出て来た

人のような汗の玉が皆の顔に流れて居る。そして全く黙り込んで、只急ぐ。汗と革類とから来る変な悪臭が一緒について行った。

十二三間長さの其隊は間もなく自分達を追い抜いて往った。一足遅れに行く或一人の疲れ切った後姿を見ながら、従弟は、

「何だか色んな物がちっとも身体について居ないのね。もう少し工合よく作れそうなものだ」と云った。

「外套は二枚持って歩くのかい？」

「背嚢について居るんですか。あれは毛布でしょう」と従弟が云った。

兵隊は遠ざかって行った。往来には常になく新しい馬糞が沢山落ち散って居た。二人は中学時代に行った行軍の話などをしながら歩いた。

常磐線の踏切から切通しのだらだら坂を登って少し行くと彼方の桑畑に散兵しているのが見えた。百姓が処々に一ヶかたまりになってそれを見物していた。

東源寺と云う榧の大木で名高い寺への近道の棒杭のある所から街道を外れて入った。左手の畑道を騎兵が七八騎一列になって、馬を暢気に歩かせて居た。間もなく、自分達は竹藪の中のじゅ

くじゅくした細い坂路を下りて、目的の鴨屋へ行った。

鴨は一羽もなかった。其朝丁度東京へ出した所だと云う。そして「今あるのはおしどり位なものです」と云った。それを見た。然しおしどりは未だ少しも馴れていなかった。柵の隅で出来るだけ小さくなって、片方の眼だけを此方へ向けて如何にも不安らしい様子をしていた。「雄は未だ雛です。別々に捕ったので親子でないから雌に押されて居るんですよ」主は雄が地面へ腹をつけたきりで、若し歩いても中腰でヨタヨタしているのを弁解するように云った。

近所の仲間には鴨もある筈だというので、自分は矢張りそれを頼んだ。二人は主がそれを取って来る間、一町程先の利根の堤防へ行って見た。堤防と云っても現在水の流れて居る所までは一里程もあって、其間は真菰の生い茂った広々した沼地になっている。

二三発続いて銃声がした。近い所で、急に鴨が頓狂な声で鳴き立てた。遠くの方で小鴨の一群が飛び立った。銃声は尚続いた。脅されて、鴨の群は段々高く舞い上った。

同じ堤防の上を此方へ向って二十騎程の騎兵が早足で来る。そして間もなく銃声は止んだ。二人は堤防を下りて引返して来た。

彼方の四つ角で地図を持った士官が二三人の兵隊と何か大声で道の事を訊いて居た。小さい田一つへだてた鴨屋の婆さんが矢張り大きい声でそれに返事をして居た。士官と兵隊とは急いで教えられた方へ入って行った。

自分達が其四つ角まで来た時に青くびの鴨を一羽、羽交で下げた主と出会った。自分は其鴨の無邪気な突きだしている顔を見ると今二三分の間に殺して了うのが不快《いや》になった。食う為に買いに来て、余り面白くもない餌飼いの鴨を持って帰るのも考え物だと思ったが、兎に角殺さずに持って帰る事にした。

鴨屋へ来ると主はそれを持って土間を抜けて裏へ廻った。殺す気かしらと一寸思った。そして少しいやな気をしながら、殺して来たら殺したでもいいと云う気を漠然持った。すると、

「殺しに行ったんじゃないんですか」と従弟が注意した。で、自分も、

「おいおい殺すんじゃないよ」と大声で主に注意した。

「此儘お持ちになりますか」主はひねりかけた其手つきのまま、土間へ入って来た。

鴨はあばれもしなければ、鳴きもしなかった。自分達はそれを風呂敷に包んで貰って、其処を出た。

東源寺近道の棒杭の所まで帰って来ると、其処の百姓家に軍馬が二三匹つないであった。

「兵隊が寝て居る。如何したんだろう」と従弟は百姓家の方を覗き込んで云った。歩きながらだと、反って藪垣をとおして、それがチラチラと見えた。「休んでいるのかしら。帽子は布を巻い

てませんね。そうすると先刻のは逃げていたんだな」と従弟が云った。

街道へ出ると、五間程先の道端に上半身裸体にされた兵隊が仰向けに背嚢に倚りかかって寝ていた。一人が看護して居る。胸にハンケチを当てて、それに水筒から水をたらして居た。病人は意識も不確らしく眼をつぶった儘、力なく口を開けて居た。其癖顔だけは汗ばんでかなりに赤い。変な気がした。立ち止って見るのがいやだった。

それからだらだらの切通しを下りて来ると其処で二百人ばかりの歩兵の一隊と擦れ違った。かなりの急ぎ足で歩いている。隊の中頃へ来て自分は全くまいって了った一人の兵隊を見た。両側から一人ずつ其腋の下に腕を差し込んでまいった儘にどんどん隊の歩度で急いで行く。其兵隊はもう眼を開いてはいなかった。そして泥酔した人のように、肩に据らない首を一足毎に仰向けに、或いは右に左に振っていた。

同じような人が又来た。其顔には何の表情もない。苦痛の表情さえも現れない程苦しいのだと云う気がした。丁度踏切りを越える時に足がレールの僅な溝に引懸ると、其人は突き飛ばされたように前へのめって了った。支えて居た兵隊の腕にも力はなかった。そして倒れた人は何も云わない。倒れたきりで居る。

急ぎ足の隊は其処で一寸さえぎられると後から後から人が溜りかけた。

「止っちゃいかん」と士官が大きい声で云った。流れの水が石で分れるように人々は其処で二つに分れて過ぎた。人々の眼は倒れた人を見た。然し黙っている。皆は見ながら黙って急ぐ。

「おい起て。起たんか」頭の所に立っていた伍長が怒鳴った。一人が腕を持って引き起そうとした。伍長は続け様に怒鳴った。倒れた人は起きようとした。俯伏しに延び切った身体を縮めて一寸腰の所を高くした。然しもう力はなかった。直ぐたわいなくつぶれて了う。二三度其動作を繰り返した。芝居で殺された奴が俯伏しになった場合よくそう云う動作をする。それが一寸不快に自分の頭に映った。倒れた人は一年志願兵だった。他の兵隊から見ると脊も低く弱そうだった。

「これは駄目だ。物を去ってやれ」と士官が云った。踏切番人のかみさんが手桶に水をくんで急いで来た。自分はそれ以上見られなかった。何か狂暴に近い気持が起って来た。そして涙が出て来た。

後から来た従弟が、

「眠っちゃいかん、眠っちゃいかんって切《しき》りに云ってましたよ」と云った。

五六間来ると其処にも一人倒れて居た。力なく半分閉じた眼をしていながら、其兵隊は上半身裸体のまま起き上って歩き出そうとする。それも全く口をきかずに。

「起きんでいい。起きんでいい」と看護している兵隊が止めた。一人の兵隊が下の田圃で田の水を水筒に入れて居た。従弟は妙な顔をして、それを自分に示した。

十間程来ると其処に又一人倒れて居た。どれもこれも、ぼんやりと何の表情もない顔をして居る。

自身の背嚢の上に更に二つ背嚢を積み上げ、両の肩に銃を一挺ずつかけて、黙々として一人歩いて来る若い小柄な兵隊に出会った。

少し行くと又一人倒れて居た。

「水を少し貰えませんか」それを看護している兵隊が丁度其処へ通りかかった四人連れの兵隊を見上げて声をかけた。「両方一滴もなくなっちゃった」

「少しあるだろう」とこういって其内の一人が立ち止って自身の水筒を抜いて渡した。

兵隊は眼をつぶって仰向けになっている兵隊の口にそれから僅な量をたらし込んだ。次に額に二三滴、ハンケチをかけた胸に二三滴、丁度儀式か何かのようにたらすと、其僅な水も使いきらぬようにして礼を云って立って居る兵隊に返した。其兵隊は水筒を受け取ると仲間を追って馳けて行った。

自分達はそれからも二三町の間に尚四五人そう云う人々を見た。

小学校の前で従弟と別れた。そして夕方の畑道を急いで来た。自分は一人になると又興奮して来た。それは余りに明か過ぎる事だと思った。それは早晩如何な人にもハッキリしないでは居ない事がらだ。何しろ明か過ぎる事だ、と思った。総ては全く無知から来ているのだと思った。

自分は不知、道を間違へていた。まがる所をまがらずに来たのだ。子《ね》の神の入口まで行って自家の方へ引きかえして来た。

帰ると直ぐ自分は風呂敷の鴨を出して見た。羽がいを交叉して其下に首を仰向けに差し込んであった。此間まで鳩を入れて置いた小屋の中で自分はそれを自由にしてやった。然し鴨は半死になっていた。羽ばたきをして地面をかけようとするが首がもう上らない。のどを延ばして、それを地面にすりつけて只もがいた。自分は出して池へ放して見た。然し何故か真直ぐには浮ばない。直ぐ裏がえしになって白い腹を見せ、ばたばた騒いだ。自分は重ねがさね不愉快になった。

「おや、お父様が鴨を買っていらした。とうとよ」こんな事をいって妻が小さい女の子を抱いて出て来た。

「見るんじゃない。彼方へ行って……」自分は何という事なし不機嫌に云った。そして鴨は女中を呼んで隣の百姓へやって、殺して貰った。それを自家《うち》で食う気はもうしなかった。翌日それは他へ送ってやった。

後日談

此日、或る兵隊が余りの苦しさから刺身ぼう丁で喉を突こうとして失策り、軍医の剣をぬこうとして、それも失策り、とうとう舌を嚙み切って死んで了ったと云う事を最近に聞いた。

流行感冒

志賀直哉

上

最初の児が死んだので、私達には妙に臆病が浸込んだ。健全に育つのが当然で、死ぬのは例外だという前からの考は変らないが、一寸病気をされても私は直ぐ死にはしまいかという不安に襲われた。それで医学の力は知れたものだと云い云い矢張り直ぐ医者を頼りにした。自分でも恥かしい気のする事があった。田舎だから四囲の生活との釣合い上でも子供を余りに大事にするのは眼立ってよくなかった。

百姓家の洟を垂した男の児が私の左枝子よりももっと幼い児をおぶって、秋雨のしとしとと降る夕方などに、よく傘もささずに自家《うち》の裏山に初茸を探しに来る事がある。項を直角に、仰向いて眠っている赤児の顔は濡れ放題だ。そして平気でいつまでもいつまでもうろついている。それらを見る時一寸変な気がする。乱暴過ぎると眉を顰めるような気持にもなるが、何方が本統か知れないという気にもなる。自分達のやり方が案外利口馬鹿なのだとも思えて来る。然し、こう思う事で子供に対する私の神経質な注意は実は少しも変らなかった。

「去年はああ癖をつけて了ったから仕方がありませんが、此秋からは余り厚着をさせないように慣らさないといけませんよ」夏の内、こんな事を妻はよく云った。私もそれは賛成だったが、段々涼しくなるにつれて、いつか前年通りの厚着癖をつけさして了った。そして私は、

「一体お前は寒がらない性だからね。自分の体で人まで推すと間違うよ」などと云った。

「お父様は又、人一倍お寒がりなんですもの……」夏頃頻りに云っていた割には妻もたわいなく厚着を認めて了った。

或時長い旅行から帰って来た友達の細君が、「○○さんが左枝ちゃんを大事になさる評判は日本中に弘まって居ましたわ」といって笑った。友達の細君は行く先々の親類、知人の家でその話を聴いたと云うのだ。それは大袈裟だが、人々が私のそれを話し合って笑っているような気のする事はよくあった。然しそれは私にとって別に悪くはなかった。私達が左枝子の健康に絶えず神経質である事を知って居て貰えば、人も自然、左枝子には神経質になって呉れそうに思えたから

だ。例えば私達のいない所で或人が左枝子に何か食わそうとする。所がその人は直ぐ一寸考えてくれる。私達ならどうするかと考えて呉れる。で、結局無事を願って食わすのをやめて呉れるかも知れない。そうあって私は欲しいのだ。殊に田舎にいると、その点を厳格にしないと危険であった。田舎者は好意から、赤児に食わしてならぬ物でも、食わしたがるからである。

私の生れる半年程前に三つで死んだ兄がある。祖母に云わせると、それは利巧者だったそうだが、守《もり》が、使いの出先で何か食わせたのが原因で、腹をこわし、死んで了った。左枝子にそんな事があっては困る。それ故、私は自分の神経質を笑われるような場合にも少しも隠そうとは思わなかった。

流行性の感冒が我孫子の町にもはやって来た。私はそれをどうかして自家に入れないようにしたいと考えた。その前、町の医者が、近く催される小学校の運動会に左枝子を連れて来る事を妻に勧めていた。然しその頃は感冒がはやり出して居たから、私は運動会へは誰もやらぬ事にした。実際運動会で大分病人が多くなったと云う噂を聴いた。私はそれでも時々東京に出た。そして可《こ》恐可恐《わごわ》自動電話をかけたりした。然し幸に自家の者は誰も冒されなかった。隣まで来ていて何事もなかった。女中を町へ使にやるような場合にも私達は愚図愚図店先で話し込んだりせぬようにと喧しくいった。女中達も衛生思想からではなしに、我々の騒ぎ方に釣り込まれて、恐ろしがっている風だった。兎に角恐がっていてくれれば私は満足だった。

我孫子では毎年十月中旬に町の青年会の催しで旅役者の一行を呼び、元の小学校の校庭に小屋掛をして芝居興行をした。夜芝居で二日の興行であった。私の家でも毎年その日は女中達をやっていた。然し今年だけは特別に禁じて、その代り感冒《かぜ》でもなくなったら東京の芝居を見せてやろうというような事を私は妻と話していた。

「こんな日に芝居でも見に行ったら、誰でも屹度風邪をひくわねえ」庭の井戸で洗濯をしていた石が縁を掃いているきみに大きい声でこんな事をいっていたそうだ。妻から聞いた。見す見す病人をふやすに決った、そんな興行を何故中止しないのだろうと思った。

私は夕方何かの用で一寸町へいった。薄い板に市川某、尾上某と書いた庵看板が旧小学校の前に出してあった。小屋は舞台だけに幕の天井があって見物席の方は野天で、下は藁むしろ一枚であった。余り聞いた事もない土地から贈られた雨ざらしの幟が四五本建っていた。こういえば総てが見窄しいようであるが、若い男や若い女達が何となく亢奮して忙しそうに働いている所は中々景気がよかった。沼向うからでも来たらしい、いい着物を着た娘達が所々にかたまって場の開くのを待っていた。

帰って来る途、鎮守神の前で五六人の芝居見に行く婆さん連中に会った。申し合せたように手織木綿のふくふくした半纏を着て、提灯と弁当を持って大きい声で何か話しながら来る。或者は竹の皮に包んだ弁当をむき出しに大事そうに持っていた。皆の眼中には流行感冒などあるとは思えなかった。私は帰ってこれを妻に話して「明後日あたりから屹度病人がふえるよ」と云った。

その晩八時頃まで茶の間で雑談して、それから風呂に入った。前晩はその頃はもう眠っていたが、其晩は風呂も少し晩くなっていた。

二人が済んだ時に、

「空いたよ。余りあつくないから直ぐ入るといいよ」妻は台所の入口から女中部屋の方へそう声をかけた。

「はい」ときみが答へた。

「石はどうした。いるか？」私は茶の間に坐ったまま訊いてみた。

「石もいるだろう？」と妻が取り次いでいった。

「一寸元右衛門の所へ行きました」

「何しにいった」私は大きい声で訊いた。これは怪しいと思ったのだ。

「薪を頼みに参りました」

「もう薪がないのかい？……又何故夜なんか行ったんだろう。明るい内、いくらも暇があったのに」と妻も云った。

きみは黙っていた。

「そりゃいけない」と私は妻にいった。「そりゃお前、元右衛門の家へ行ったところで、夫婦共芝居に行って留守に決ってるじゃないか。石は屹度芝居へ行ったんだ。二人共いなかったから、それを頼みに出先へ行ったといって芝居を見に行ったんだ」

「でも、今日石は何か云ってたねえ、きみ。ほら洗濯している時。真逆そんな事はないと思いますわ」

「いや、それは分らない。きみ、お前直ぐ元右衛門の所へいって石を呼んでおいで」

「でも、真逆」と妻は繰り返した。

「薪がないって、今いったって、あしたの朝いったって同じじゃないか。あしたの朝焚くだけの薪もないのか？」

「それ位あります」きみは恐る恐る答えた。

「何しろ直ぐお前、迎えにいっておいで」こう命じて、私は不機嫌な顔をしていた。

「貴方があれ程いっていらっしゃるのをよく知っているんですもの、幾らなんでも……」

そんな事をいって妻も茶の間に入って来た。

二人は黙っていた。女中部屋で何かごとごといわしていたが、その内静かになったので、私は、

「きみは屹度弱っているよ。元右衛門の所にいない事を知って居るらしいもの。居れば直ぐ帰って来るが、直ぐでないと芝居へ行っていたんだ。何しろ馬鹿だ。何方にしろ馬鹿だ。行けば大馬鹿だし。行かないにしても疑われるにきまった事をしているのだからね。順序が決り過ぎている。行ったら居なかったから、それを云いに行ったという心算《つもり》なんだ」

妻は耳を欹てていたが、

「きみは行きませんわ」と云った。

「呼んで御覧」

「きみ。きみ」と妻が呼んだ。

「はい」

「行かなかったのかい。……行かなかったら、早く御風呂へ入るがいいよ」

「はい」きみは元気のない声で答えた。

「屹度もう帰って参りますよ」妻はしきりに善意にとっていた。

「帰るかも知れないが、何しろあいつはいかん奴だ。若しそんなうまい事を前に云って置きながら行ったなら、出して了え。その方がいい」

私達二人は起きていようと云ったのではなかったが、もう帰るだろうという気をしながら茶の間で起きていた。私は本を見て、妻は左枝子のおでんちを縫っていた。そして十二時近くなったが、石は帰って来なかった。

「行ったに決ってるじゃないか」

「今まで帰らない所を見ると本統に行ったんでしょうね。本統に憎らしいわ、あんなうまい事を云って」

私は前日東京へ行っていたのと、少し風邪気だったので、万一を思い、自分だけ裏の六畳に床をとらして置いた。丁度左枝子が眼をさまして泣き出したので、妻は八畳の方に、私は裏の六畳の方へ入った。私は一時頃まで本を見て、それからランプを消した。

間もなく飼犬がけたたましく吠えた。然し直ぐ止めた。石が帰ったなと思った。戸の開く音がするかと思ったが、そんな音は聞えなかった。

翌朝眼をさますと私は寝たまま早速妻を呼んだ。

「石はなんて云っている」

「芝居へは行かなかったんですって。元右衛門のおかみさんも風邪をひいて寝ていて、それから石の兄さんが丁度来たもんで、つい話し込んで了ったんですって」

「そんな事があるものか。第一元右衛門のかみさんが風邪をひいているなら其処に居るのだって
いけない。石を呼んで呉れ」

「本統に行かないらしいのよ。風邪が可恐いからといって兄さんにも止めさせたんですって。兄
さんも芝居見に出て来たんですの」

「石。石」私は自分で呼んだ。石が来た。妻は入れ代って彼方へ行って了った。

「芝居へ行かなかったのか？」

「芝居には参りません」いやに明瞭《はっきり》した口調で答えた。

「元右衛門のかみさんが風邪をひいているのに何時までもそんな所にいるのはいけないじゃない
か」

「元右衛門のおかみさんは風邪をひいてはいません」

「春子がそういったぞ」

「風邪ひいていません」

「兎に角疑われるに決った事をするのは馬鹿だ。若し行かないにしても行ったろうと疑われるに
決った事ではないか。……それで薪はどうだった」

「沼向うにも丁度切ったのがないと云ってました」

「お前は本統に芝居には行かないね」

「芝居には参りません」

私は信じられなかったが、答え方が余りに明瞭していた。疚しい調子は殆どなかった。縁に膝をついている石の顔色は光を背後から受けて居て、まるで見えなかったが、其言葉の調子には偽りを云って居るような所は全くなかった。それ故妻は素直に石のいった通りに信じている。私もそうかも知れないという気を持った。が、何だか腑に落ちなかった。調べれば直ぐ知れる事だが調べるのは不愉快だった。後で私は「ああはっきり云うんなら、それ以上疑うのは厭だ。……然し兎も角あいつは嫌いだ」こんな事を妻にいった。

「そりゃあ、ああ云っているんですもの、真逆嘘じゃありますまいよ」

「なるべく然し左枝子を抱かさないようにしろよ」

根戸にいる従弟が来たので、私は上の地面の書斎へ行って話していた。そして暫くするとキャアキャアという左枝子の声がして、それを抱いた石を連れて妻が登って来た。石はもう平常通りの元気な顔をして左枝子の対手《あいて》になって、何かいっている。私は一番先に妻の無神経に腹を立てた。

「おじちゃま御機嫌よう」こんな調子に少し浮き浮きしている妻に、

「馬鹿。石に左枝子を抱かしてちゃあ、いけないじゃないか。二三日はお前左枝子を抱いちゃあ、いけない」私は不機嫌を露骨に出していった。妻も石もいやな顔をした。

「いらっちゃい」妻は手を出して左枝子を受け取ろうとした。妻は石に同情しながら慰めるわけにも行かない変な気持でいるらしかった。すると左枝子は、

「ううう、ううう」と首を振った。

「いいえ、いけません。いいや御用。ちゃあちゃんにいらっしゃい」

「ううう、ううう」左枝子は未だ首を振っていた。石は少しぼんやりした顔をしていたが、妻にそれを渡すと、其まま小走りに引きかえして行った。その後を追って、左枝子が切《しき》りに、

「いいや！　いいや！」と大きな声を出して呼んだが、石は振りかえろうともせず、うつ向いたまま駈けて行って了った。

私は不愉快だった。如何にも自分が暴君らしかった――それより皆から暴君にされたような気がして不愉快だった。石は素より、妻や左枝子までが気持の上で自分とは対岸に立っているように感ぜられた。いやに気持が白けて暫くは話もなかった。間もなく従弟は裏の松林をぬけて帰って行った。それから三十分程して私達も下の母屋へ帰って行った。

「石。石」と妻が呼んだが、返事がなかった。

「きみ。きみもいないの?……まあ二人共何処へいったの?」

妻は女中部屋へいって見た。

「着物を着かえて出かけたようよ」

「馬鹿な奴だ」

私はむッとして云った。

私には予てから、そのまま信じていい事は疑わずに信ずるがいいという考があった。誤解や曲解から悲劇を起すのは何より馬鹿気た事だと思って居た。今朝石が芝居には行かなかったと断言した時に、私はその儘になるべく信じられたら信じてやりたく思っていた。実際、嘘に決っているという風にも考えなかった。半信半疑のまま、其半疑の方をなくそうと知らず知らず努力していた形であった。所が半信半疑と思いながら実は全疑していたのが本統だった。こういう気持の不統一は、それだけで既にかなり不愉快であった。所で二人共逃げて行った。私は益々不愉快になった。そして若しも石が実際行かなかったものなら、自分の疑い方は少し残酷過ぎたと思った。石が沼向うの家に帰って、泣きながら両親や兄にそれを訴えている様子さえ想い浮ぶ。誰が聞いても解らず屋の主人である。つまらぬ暴君である。第一自分はそういう考を前の作物に書きながら、実行ではそのまるで反対の愚をしている。これはどういう事だ。私は自分にも腹が立って来た。

「お父様があんまり執拗くおうたぐりになるからよ。行かない、とあんなにはっきり云っているのに、左枝子を抱いちゃあいけないの何の……誰だってそれじゃあ立つ瀬がないわ」

気がとがめている急所を妻が遠慮なくつッ突き出した。私は少しむかむかとした。

「今頃そんな事をいったって仕方がない。今だって俺は石のいう事を本統とは思っていない。お前まで愚図愚図いうと又癇癪を起すぞ」私は形勢不穏を現す眼つきをして嚇かした。

「お父様のは何かお云い出しになると、執拗いんですもの、自家の者ならそれでいいかも知れないけど……」

「黙れ」

女中が二人共いなくなったら覿面に不便になった。ちょこちょこ歩き廻る左枝子を常に一人は見ていなければならなかった。そして私は左枝子の守りは十五分とするともう閉口した。他に誰か居ればそれ程でもないが、一人で遊ばすと私の方でも左枝子の方でも直ぐ厭きて了った。

「いいや！　いいや！」左枝子は時々そういって女中を呼んだ。石もきみも左枝子は「いいや」であった。妻は如何にも不愉快らしく口数をきかずに、左枝子を負ぶって働いていた。

「晩めしはあるか」

「たきますわ」

「菜《さい》はどうだ」

「左枝子を遊ばしてて下されば、これから町へいってお魚か何か取って来ますわ」

「町の使は俺がいってやる。それに二人共ほっても置けない。遠藤と元右衛門の所へいって話して来よう」此二人が二人を世話してよこしたのである。

「そうして頂きたいわ」

四時頃だった。私は財布と風呂敷を持って家を出た。

田圃路を来ると二三町先の渡舟場の方から三人連れの女が此方へ歩いて来るのが見えた。石ときみと、それから石の母親らしかった。元右衛門の家の前に立ち止って少時此方を見ていたが三人共入って行った。私は自分の疑い過ぎた点だけは兎に角先に認めてやろう、そしてどうせ先方で暇を貰いたいというだろうから、そうしたら、仕方がない暇をやろうと考えた。

元右衛門の屋敷へ入って行くと土間への大戸が閉っていて、その前に石の母親ときみと裸足になっている元右衛門のかみさんとが立っていた。きみは泣いた後のような赤い眼をしていた。此事には全く関係がない筈なのに何故一緒に逃げたり泣いたりするのだろうと思った。

「俺の方も少し疑い過ぎたが……」そう云いかけると、

「馬鹿な奴で、御主人様は為を思って云って呉れるのを、隣のおかみさんに誘われたとか、おきみさんと三人で、芝居見に行ったりして、今も散々叱言を云った所ですが……」母親はこんなに云い出した。私は黙っていた。

「何ネ、二幕とか見たぎりだとか」と母親は元右衛門のかみさんを顧みた。

「私、ちっとも知らなかった」元右衛門のかみさんは自身がそれに全く無関係である事を私に知って貰いたいようにいった。

「矢張り行ったのか」

「へえ、己の為を思って下さるのが解らないなんて、何という馬鹿な奴で」

「きみ、お前はこれを持って直ぐ町に行って魚でも何でも買って来てくれ。……それからお前には家でよく話したいから来てくれ」私は石の母親にいった。

「お暇になるようなら、これから荷は直ぐお貰い申して行きたいと思って……」と母親はいった。

「そりゃ、何方でもいい」と私は答えた。そして石には暇をやる事に心で決めた。

　きみが使から帰った時に一緒に行くというので、私だけ一人先に帰って来た。

「矢張り行ったんだ」私は妻の顔を見るといった。私は自分の思った事が間違いでなかった事は満足に感じていた。然し明瞭と嘘をいう石は恐ろしかった。左枝子が下痢をした場合、何か他所で食わせはしなかったかと訊いた時、食べさせませんと断言をする。或いは、自身が守りをしていて、うっかり高い所から落すとする。そして横腹をひどく打つとする。あとで発熱する。原因が知れない。そういう時、別に何もありませんでしたと断言する。これをやられては困ると私は思った。

「お父様、誰にお聞きになって？」

「石の母親から聞いた。元右衛門の家で今皆来る所に会ったのだ」

妻は呆れたというように黙っていた。

「石はもう帰そう。ああいう奴に守りをさして置くのは可恐いよ。今に荷を取りに来る」

石を帰す事には妻も異存ない風であった。然し私はこれから間もなく其処に起るべき不愉快な場面を考えると厭な気持になった。私は一人その間だけその場を避けたいような気も起したが、それは妻も同様なので仕方がなかった。石の親子の来るのを待っていた。何かいって石にお辞儀をされた場合、心に当惑する自分でも妻でもが眼に見えた。然し私は石をその儘に置く事は仕まいと思った。私は暫く此不愉快な気持を我慢しようと思っていた。

使にやったきみが中々帰って来ない。少し晩過《おそ》ぎる。多少心配になって、私はぶらぶらと又町の方に行ってみた。坂の上まで来た時に丁度他所から帰って来た友達に会った。私はその立話で前晩からの石の事を話した。私の話は感情を離れた雑談にはなり得なかった。或余り感じのよくない私情に即き過ぎていた。友達とは離ればなれな気持であった。私はそんな話を今云い出した事を悔いた。私は別れて町の方へ行った。魚屋へ行くときみは今帰った所だといった。何処かで擦れ違ったのだ。又元右衛門の所へ帰って来ると、石は何か大きな声で話していたが、私の姿を見ると急いで土間に隠れて了った。其処にきみが来たので皆連れて来るようにいって私は先に帰って来た。

「お前よく云って呉れ。なるべくあっさり云うがいいよ」

「よく云い聞かしても……駄目ね？」と妻は私の顔色を覗いながら云った。

「一時は不愉快でも思い切って出して了わないと又同じ事が繰り返るよ」

「そうね」

台所の方に三人が入って来た。妻は左枝子を私に預けて直ぐ女中部屋の方へいった。

左枝子を抱いて縁側を歩いていると石の母親が庭の方から挨拶に来た。

「永々お世話様になりまして、……」といった。石は末っ子で十二まで此母の乳を飲んだとか、母親には殊に大事な娘らしかった。石の母親が感じている不愉快は笑顔をしても、叮嚀な言葉遣いをしても隠し切れなかった。顔色が変に悪かった。そして眼が涙を含んでいた。私は気の毒に思った。然し此年寄った女の胸に渦巻いている、私に対する悪意をまざまざと感ずると、此方も余りいい気はしなかった。嘘に対し、私達は子供から厳格過ぎる位厳格に教えられて来た。所が、石も、石の母親も嘘に対しては、それが嘘に止まっている場合、何もそんなに騒ぐ事はないと思っているらしかった。却ってそれを云い立てて娘を非難する主人の方が遥かに性の悪い人間に見えたに違いない。私は石に就て、今度の事は兎も角も悪い、然しこれまで石が不正な事をしたと思った事は一度もなかったし、左枝子の事も本統に心配してくれた事は認めているし、というような事を云った。私は石に汚名をつけて出したという事になるのは厭だった。左枝子の為に、これでは安心出来ない自分達の神経質から暇を取って貰うのだからと云う風に、前に「兎も角悪い」といった言葉をさえ緩めて云った。然し母親にはそんな言葉を叮嚀に聴く余裕はなかった。そして荷作りを済ました石を呼んで、石にも挨拶をさせた。石は赤い眼をして工合悪そうに、只お辞儀をした。

「お父様」と座敷の内から妻が小手招きをしている。寄って行くと、

「もう少し置いて頂けない？」と小声で哀願するように云った。妻も眼を潤ませていた。

「狭い土地の事ですから失策で出されたというと、後迄も何か云われて可哀想ですわ。それに関

の事もありますし、関の家へはよくしてやって、石の家にはこんな事になったとすると、大変角が立ちますもの。関の家と石の家とは只でも仲が悪いんですから、こんな事があると尚ですわ。ね、そうして頂けない？　その内角を立てずに暇を取って貰えば、いいんですもの。石だって今度で懲りたでしょうよ。もうあんな嘘は屹度つきませんよ。……そうして頂けなくって？」

「……そんなら、よろしい」

「ありがとう」

妻は急いで台所の方へいって、石親子が門を出た所を呼び返して来た。

関というのは石と同じ村の者で私の友達の家へ女中にいっていたが、昔私の家の書生だった、或鉱山の技師と私達が仲人になって結婚さした女である。関の家と石の家とは前から仲がよくなかった。例えば石の家の山を止めさして置いて初茸狩りに行くような場合、関の家でも何か用意して置くと、自家のお客様だからと、わざわざ遠廻りまでして私達を関の家へは寄らせぬ算段をした。こんな風だったから私達との事は此儘で済むとしても私達の一方によく、他方に悪かった事が後まで両方の家に思わぬ不快な根を残し兼ねなかったのである。妻としては大出来だった。

其晩私は裏の六畳で床へ入って本を見ていると、

「今ね」そう云いながら妻はにこにこして入って来た。

「旦那様はそりゃ可恐い方なんだよ。いくら上手に嘘をついたって皆心の中を見透してお仕舞いになるんだからね……、こう云ってやったら、吃驚したような顔をして、はあ、はあ、って云ってるの」妻はくすくす笑いながら首を縮めた。

「馬鹿」

「いいえ、其位に云って置く方がいいのよ」妻は真面目な顔をした。

下

所が石は未だ本統の事を云っていなかった。実は一人で行ったのであった。それをきみまで同類にして知らん顔をしていた。此事は少し気に食わなかった。前からきみの行かなかった事を私は知っていた。少くも十一時半までは家にいたのを私は知っていた。私の怒っているのを承知でそれから出掛けるのも変だし、万一出掛けたとすればそれは石を迎いに行ったに違いないと思っていた。所が石は母親にきみと一緒に行ったといって、その儘にしている。私は、或時それを妻に云うかも知れないと待つような気持でいた。然し石は遂にその事は知らん顔をして了った。忘れて了ったのかも知れない。兎に角妻の御愛嬌な嚇しは余り役には立っていなかった。石は全く平常《ふだん》の通りになって了った。然し私は前のような気持では石を見られなかった。何だか嫌になった。それは道学者流に非難を持つというよりはもっと只何となく厭だった。私は露骨に石には不愛想な顔をしていた。

三週間程経った。流行感冒も大分下火になった。三四百人の女工を使っている町の製糸工場では四人死んだという様な噂が一段落ついた話として話されていた。私は気をゆるした。丁度上の離れ家の廻りに木を植える為に其頃毎日二三人植木屋がはいって居た。Yから貰った大きな藤の棚を作るのにも、少し日がかかった。私は毎日植える場所の指図や、或時は力業の手伝いなどで昼間は主に植木屋と一緒に暮していた。

そしてとうとう流行感冒に取り附かれた。植木屋からだった。私が寝た日から植木屋も皆来なくなった。四十度近い熱は覚えて初めてだった。腰や足が無闇とだるくて閉口した。然し一日苦しんで、翌日になったら非常によくなった。所が今度は妻に伝染した。妻に伝染する事を恐れて直ぐ看護婦を頼んだが間に合わなかったのだ。此上はどうかして左枝子にうつしたくないと思って、東京からもう一人看護婦を頼んだ。一人は妻に一人は左枝子につけて置く心算《つもり》だったが、母と離されている左枝子は気六ヶしくなって、中々看護婦には附かなかった。間もなくきみが変になった。用心しろと喧しく云っていたのに無理をしたので尚悪くなった。人手がないのと、本人が心細がって泣いているので、時々此方の医者に行って貰う事にして、俥で半里程ある自身の家へ送ってやった。然し暫くするとこれはとうとう肺炎になって了った。

今度は東京からの看護婦にうつった。今なら帰れるからとかなり熱のあるのを押して帰って行った。仕舞に左枝子にも伝染って了って、健康なのは前にそれを済まして居た看護婦と、石とだけになった。そして此二人は驚く程によく働いてくれた。

未だ左枝子に伝染すまいとしている時、左枝子は毎時の習慣で乳房を含まずにはどうしても寝つかれなかった。石がおぶって漸く寝つかせたと思うと直ぐ又眼を覚して暴れ出す。石は仕方なく、又おぶる。西洋間といっている部屋を左枝子の部屋にして置いて、私は眼が覚めると時々其部屋を覗きに行った。二枚の半纏でおぶった石がいつも坐ったまま眼をつぶって体を揺って居る。人手が足りなくなって昼間も普段の倍以上働かねばならぬのに夜はその疲れ切った体でこうして横にもならずにいる。私は心から石にいい感情を持った。私は今まで露骨に邪慳にしていた事を気の毒でならなくなった。全体あれ程に喧しくいって置きながら、自身輸入して皆に伝染し、暇を出すとさえ云われた石だけが家の者では無事で皆の世話をしている。石にとってはこれは痛快でもいい事だ。私は痛快がられても、皮肉をいわれても仕方がなかった。所が石はそんな気持は気振りにも見せなかった。只一生懸命に働いた。普段は余りよく働く性とは云えない方だが、その時はよく続くと思う程に働いた。その気持は明瞭とは云えないが、想うに、前に失策をしている、その取り返しをつけよう、そう云う気持からではないらしかった。もっと直接な気持かららしかった。私には総てが善意に解せられるのであった。私達が困っている、だから石は出来るだけ働いたのだ。それに過ぎないと云う風に解れた。長いこと楽しみにしていた芝居がある、どうしてもそれが見たい、嘘をついて出掛けた、その嘘が段々仕舞には念入りになって来たが、嘘をつく初めの単純な気持は、困っているから出来るだけ働こうと云う気持と石ではそう別々な所から出たものではない気がした。

　私達のは幸に簡単に済んだが肺炎になったきみは中々帰って来られなかった。そして病人の中にいて、遂にかからずに了った石はそれからもかなり忙しく働かねばならなかった。私の石に対する感情は変って了った。少し現金過ぎると自分でも気が咎める位だった。

　一ヶ月程してきみが帰って来た。暫くすると、それまで非常によく働いていた石は段々元の杢阿弥になって来た。然し私達の石に対する感情は悪くはならなかった。間抜けをした時はよく叱りもした。が、ぢりぢりと不機嫌な顔で困らすような事はしなくなった。大概の場合叱って三分あとには平常の通りに物が云えた。

四谷に住んでいるKが正月の初旬から小田原に家を借りて、家中で其処へ行く事になったので、私達はそれと入代りに我孫子からKの留守宅に来て住む事にしていた。私には丸五年振りの東京住いである。久し振りの都会生活を私は楽しみにしていた。

その前から石には結婚の話があった。先は我孫子から一里余りある或町の穀屋という事だった。私達が東京へ行くのと同時に暇をとるというので、私達もその気で後を探したが中々いい女中が見当らなかった。

或時妻は誰からか、石の行く先の男は今度が八度目の結婚だという噂を聴いて、それを石に話した。そして兎に角もっとよく調べる事を勧めた。後で妻は私にこんな事をいった。

「石は余り行きたくないんですって。何でもお父さんが一人で乗気で。兎に角行って見ろ、その上で気に入らなかったら、帰って来いって云うんですって。どうも其処が当り前とは大分違ひますのね。行く前に充分調べて、行った以上は如何な事があっても帰って来るな、なら解っているが、帰るまでも、一度は行って見ろと云うのは変ね」

その後暫くして石の姉が来て、その先は噂の八人妻を更えたという男とは異う事が知れた。そして、石は少しも厭ではないのだと姉は云っていたそうだ。

石は先の男がどう云う人か恐らく少しも知らずに居るのではないかと思った。写真を見るとか、見合いをするとかいう事もないらしかった。何しろ田舎の結婚には驚く程暢気なのがあるのを私は知っている。結婚して初めて、此家だったのかと思ったというようなのがある。私の家の隣の若い方のかみさんがそれだ。来て見たら、自分の思っていた家の隣だった。そして、貧乏なので失望したという話を私の家の前にいた女中にしたそうだ。然しその家族は今老人夫婦、若夫婦で貧乏はしているらしいが至極平和に暮している。

「石の支度は出戻りの姉のがあるので、それをそっくり持って行くんですって。何だか直でいいわね」妻は面白がっていた。

石の代りはなかったが、日が来たので私達は運送屋を呼んで東京行きの荷造りをさした。そして翌朝私達も出かけるという其の夕方になると、急に石は矢張り一緒に行きたいと云いだした。

「何だか、ちっとも解りゃしない。お嫁入りまでにお針の稽古をするから是非暇をくれと云うかと思うと、又急にそんな事を云い出すし。皆が支度をするのを見ている内に、急に羨しくなるのね。子供がそうですわ」と妻がいった。

それを云いに帰った石と一緒に翌朝来た母親は繰り返し繰り返しどうか二月一杯で必ず帰して貰いたいと云っていた。

上京して暫くすると左枝子が麻疹をした。幸に軽い方だったが、用心は厳重にした。石もきみもその為には中々よく働いた。一月半程していよいよ石の帰る時が近づいたので、或日二人を近所へ芝居見物にやった。何か恐ろしい者が出て来たとか、石は二幕の間どうしても震えが止らなかったのを暫くして、やっと直ったと云う話がある。

いよいよ石の帰る日が来たので、先に荷を車夫に届けさして置いて、丁度天気のいい日だったので、私は妻と左枝子を連れて一緒に上野へ出かけた。停車場で車夫から受け取った荷を一時預けにして置いて、皆で動物園にいった。そして二時何分かに又帰って改札口で石を送ってやった。私達には永い間一緒に暮した者と別れる或気持が起っていた。少し涙ぐんでいた石にもそれはあったに違いない。然しその表れ方が私達とは全く反対だった。石は甚く不愛想になって了った。妻が何かいうのに碌々返事もしなかった。別れの挨拶一つ云わない。そして別れて、プラットフォームを行く石は一度も此方を振り向こうとはしなかった。よく私達が左枝子を連れて出掛ける時、門口に立っていつまでも見送っている石が、こうして永く別れる時に左枝子が何か云うのに振り向きもしないのは石らしい反って自然な別れの気持を表していた。

私達が客待自動車に乗って帰って来る時、左枝子はしきりに「いいや、いいや」といっていた。石がいなくなってからは家の中が大変静かになった。夏から秋になったように淋しくも感ぜられた。

「芝居を見にいった時、出さなくて矢張りよかった」

「石ですか？」と妻がいった。

「うん」

「本統に。そんなにして別れると矢張り後で寝覚めが悪う御座いますからね」

「あの時帰して了えば石は仕舞まで、厭な女中で俺達の頭に残る所だったし、先方でも同様、厭な主人だと生涯思う所だった。両方とも今と其時と人間は別に変りはしないが、何しろ関係が充分でないと、いい人同士でもお互に悪く思うし、それが充分だといい加減悪い人間でも憎めなくなる」

「本統にそうよ。石なんか、欠点だけ見れば随分ある方ですけれど、又いい方を見ると中々捨てられない所がありますわ」

「左枝子の事だと中々本気に心配していたね」

「そうよ。左枝子は本統に可愛いらしかったわ」

「居なくなったら急によくなったが、左枝子が本統に可愛かったは少し慾目かな。そうさえしていれば此方達の機嫌はいいからね」

「全くの所、幾らかそれもあるの」といって妻も笑った。「だけど、それだけじゃ、ありません

わ。此間もきみと二人で何を怒っているのかと思ったら、Tさんが、左枝ちゃんは別嬪さんにna

れませんよ、と仰有ったって二人で怒っているの。何故そんな事を仰有ったか分らないけれど、Tさんは大嫌いだなんて云ってるの」

二人は笑った。妻は、

「今頃田舎で、嚔をしてますよ」と笑った。

石が帰って一週間程経った或晩の事だ。私は出先から帰って来た。そして入口の鐘を叩くと、其時戸締りを開けたのは石だった。思いがけなかった。笑いながら石は元気のいいお辞儀をした。

「何時来た？」私も笑った。私は別に返事を聴く気もなしに後の戸締りをしている石を残して茶の間へ来た。左枝子を寝かしていた妻が起きて来た。

「石はどうして帰って来たんだ」

「私が此間端書を出した時、お嫁入りまでに若し東京に出る事があったら是非おいで、と書いたら、それが読めないもんで、学校の先生の所へ持っていって読んで貰ったんですって。するとこれは是非来いという端書だというんで早速飛んで来たんですって」

「丁度いい。で、暫くいられるのか？」

「今月一杯いられるとか」

「そうか」

「帰ったらお嬢様の事ばかり考えているんで、自家の者から久し振りで帰って来て、何をそんなにぼんやりしてるんだと云われたんですって」

石は今、自家で働いている。不相変きみと一緒に時々間抜けをしては私に叱られているが、もう一週間程すると又田舎へ帰って行く筈である。そして更に一週間すると結婚する筈である。良人がいい人で、石が仕合せな女となる事を私達は望んでいる。

マスク

菊池　寛

　見かけ丈は肥って居るので、他人からは非常に頑健に思われながら、その癖内臓と云う内臓が人並以下に脆弱であることは、自分自身が一番よく知って居た。

　一寸した坂を上っても、息切れがした。階段を上っても息切れがした。新聞記者をして居たとき、諸官署などの大きい建物の階段を駈け上ると、目ざす人の部屋へ通されても、息がはずんで、急には話を切り出すことが、出来ないことなどもあった。

　肺の方も余り強くはなかった。深呼吸をする積で、息を吸いかけても、ある程度迄吸うと、直ぐ胸苦しくなって来て、それ以上は何うしても吸えなかった。

　心臓と肺とが弱い上に、去年あたりから胃腸を害してしまった。内臓では、強いものは一つもなかった。その癖身体丈は、肥って居る。素人眼にはいつも頑健そうに見える。自分では内臓の弱いことを、万々承知して居ても、他人から、「丈夫そうだ丈夫そうだ。」と云われると、そう云われることから、一種ごまかしの自信を持ってしまう。器量の悪い女でも、周囲の者から何か云われると自分でも「満更ではないのか。」と思い出すように。

本当には弱いのであるが「丈夫そうに見える。」と云う事から来る、間違った健康上の自信でもあった時の方がまだ頼もしかった。

が、去年の暮、胃腸をヒドク壊して、医師に見て貰ったとき、その医者から、可なり烈しい幻滅を与えられてしまった。

医者は、自分の脈を触って居たが、

「オヤ脈がありませんね。こんな筈はないんだが。」と、首を傾けながら、何かを聞き入るようにした。医者が、そう云うのも無理はなかった。自分の脈は、何時からと云うことなしに、微弱になってしまって居た。自分でじっと長い間抑えて居ても、あるかなきかの如く、ほのかに感ずるのに過ぎなかった。

医者は、自分の手を抑えたまま一分間もじっと黙って居た後、

「ああ、ある事はありますがね。珍らしく弱いですね。今まで、心臓に就て、医者に何か云われたことはありませんか。」と、一寸真面目な表情をした。

「ありません。尤も、二三年来医者に診て貰ったこともありませんが。」と、自分は答えた。

医者は、黙って聴診器を、胸部に当てがった。丁度其処に隠されて居る自分の生命の秘密を、嗅ぎ出されるかのように思われて気持が悪かった。

医者は、幾度も幾度も聴診器を当て直した。そして、心臓の周囲を、外から余すところないように、探って居た。

「動悸が高ぶった時にでも見なければ、充分なことは分りませんが、何うも心臓の弁の併合が不完全なようです。」

「それは病気ですか。」と、自分は訊いて見た。

「病気です。つまり心臓が欠けて居るのですから、もう継ぎ足すことも何うすることも出来ません。第一手術の出来ない所ですからね。」

「命に拘わるでしょうか。」自分は、オズオズ訊いて見た。

「いや、そうして生きて居られるのですから、大事にさえ使えば、大丈夫です。それに、心臓が少し右の方へ大きくなって居るようです。あまり肥るといけませんよ。脂肪心になると、ころりと衝心してしまいますよ。」

医者の云うことは、一つとしてよいことはなかった。心臓の弱いことは兼て、覚悟はして居たけれども、これほど弱いとまでは思わなかった。

「用心しなければいけませんよ。火事の時なんか、馳け出したりなんかするといけません。此間も、元町に火事があった時、水道橋で衝心を起して死んだ男がありましたよ。呼びに来たから、行って診察しましたがね。非常に心臓が弱い癖に、家から十町ばかりも馳け続けたらしいのですよ。貴君なんかも、用心をしないと、何時コロリと行くかも知れませんよ。第一喧嘩なんかをして興奮しては駄目ですよ。熱病も禁物ですね。チフスや流行性感冒に罹って、四十度位の熱が三四日を続けばもう助かりっこはありませんね。」

此医者は、少しも気安めやごまかしを云わない医者だった。が、嘘でもいいから、もっと気安めが云って、欲しかった。これほど、自分の心臓の危険が、露骨に述べられると、自分は一種味気ない気持がした。

「何か予防法とか養生法とかはありませんかね。」と、自分が最後の逃げ路を求めると、

「ありません。ただ、脂肪類を喰わないことですね。肉類や脂っこい魚などは、なるべく避けるのですね。淡白な野菜を喰うのですね。」

自分は「オヤオヤ。」と思った。喰うことが、第一の楽しみと云ってもよい自分には、こうした養生法は、致命的なものだった。

こうした診察を受けて以来、生命の安全が刻々に脅かされて居るような気がした。殊に、丁度その頃から、流行性感冒が、猛烈な勢で流行りかけて来た。医者の言葉に従えば、自分が流行性感冒に罹ることは、即ち死を意味して居た。その上、その頃新聞に頻々と載せられた感冒に就ての、医者の話の中などにも、心臓の強弱が、勝負の別れ目と云ったような、意味のことが、幾度も繰り返えされて居た。

自分は感冒に対して、脅え切ってしまったと云ってもよかった。自分は出来る丈予防したいと思った。最善の努力を払って、罹らないように、しようと思った。他人から、臆病と嗤われようが、罹って死んでは堪らないと思った。

自分は、極力外出しないようにした。妻も女中も、成るべく外出させないようにした。そして朝夕には過酸化水素水で、含嗽をした。止むを得ない用事で、外出するときには、ガーゼを沢山詰めたマスクを掛けた。そして、出る時と帰った時に、叮嚀に含嗽をした。

それで、自分は万全を期した。が、来客のあるのは、仕方がなかった。風邪がやっと癒ったばかりで、まだ咳をして居る人の、訪問を受けたときなどは、自分の心持が暗くなった。自分と話して居た友人が、話して居る間に、段々熱が高くなったので、送り帰すと、その後から四十度の熱になったと云う報知を受けたときには、二三日は気味が悪かった。

毎日の新聞に出る死亡者数の増減に依って、自分は一喜一憂した。日毎に増して行って、三千三百三十七人まで行くと、それを最高の記録として、僅かばかりではあったが、段々減少し始めたときには、自分はホッとした。が、自重した。二月一杯は殆んど、外出しなかった。友人はもとより、妻までが、自分の臆病を笑った。自分も少し神経衰弱の恐病症《ヒポコンデリア》に罹って居ると思った。が、感冒に対する自分の恐怖は、何うにもまぎらすことの出来ない実感だった。

三月に、は入ってから、寒さが一日一日と、引いて行くに従って、感冒の脅威も段段衰えて行った。もうマスクを掛けて居る人は殆どなかった。が、自分はまだマスクを除けなかった。

「病気を怖れないで、伝染の危険を冒すなどと云うことは、それは野蛮人の勇気だよ。病気を怖れて伝染の危険を絶対に避けると云う方が、文明人としての勇気だよ。誰も、もうマスクを掛けて居ないときに、マスクを掛けて居るのは変なものだよ。が、それは臆病でなくして、文明人としての勇気だと思うよ。」

自分は、こんなことを云って友達に弁解した。又心の中でも、幾分かはそう信じて居た。

三月の終頃まで、自分はマスクを捨てなかった。もう、流行性感冒は、都会の地を離れて、山間僻地へ行ったと云うような記事が、時々新聞に出た。が、自分はまだマスクを捨てなかった。もう殆ど誰も付けて居る人はなかった。が、偶に停留場で待ち合わして居る乗客の中に、一人位黒い布片で、鼻口を掩うて居る人を見出した。自分は、非常に頼もしい気がした。ある種の同志であり、知己であるような気がした。自分は、そう云う人を見付け出すごとに、自分一人マスクを付けて居ると云う、一種のてれくささから救われた。自分が、真の意味の衛生家であり、生命を極度に愛惜する点に於て一個の文明人であると云ったような、誇をさえ感じた。

四月となり、五月となった。遉の自分も、もうマスクを付けなかった。ところが、四月から五月に移る頃であった。また、流行性感冒が、ぶり返したと云う記事が二三の新聞に現われた。自分は、イヤになった。四月も五月にもなって、まだ充分に感冒の脅威から、脱け切れないと云うことが、堪らなく不愉快だった。

が、遉の自分も、もうマスクを付ける気はしなかった。日中は、初夏の太陽が、一杯にポカポカと照して居る。どんな口実があるにしろ、マスクを付けられる義理ではなかった。新聞の記事が、心にかかりながら、時候の力が、自分を勇気付けて呉れて居た。

丁度五月の半であった。市俄古《シカゴ》の野球団が来て、早稲田で仕合が、連日のように行われた。帝大と仕合がある日だった。自分も久し振りに、野球が見たい気になった。学生時代には、好球家の一人であった自分も、此一二年殆んど見て居なかったのである。

その日は快晴と云ってもよいほど、よく晴れて居た。青葉に掩われて居る目白台の高台が、見る目に爽やかだった。自分は、終点で電車を捨てると、裏道を運動場の方へ行った。此の辺の地理は可なりよく判って居た。自分が丁度運動場の周囲の柵に沿うて、入場口の方へ急いで居たときだった。ふと、自分を追い越した二十三四ばかりの青年があった。自分は、ふとその男の横顔を見た。見るとその男は思いがけなくも、黒いマスクを掛けて居るのだった。自分はそれを見たときに、ある不愉快な激動《ショック》を受けずには居られなかった。それと同時に、その男に明かな憎悪を感じた。その男が、何となく小憎らしかった。その黒く突き出て居る黒いマスクから、いやな妖怪的な醜くさをさえ感じた。

此の男が、不快だった第一の原因は、こんなよい天気の日に、此の男に依って、感冒の脅威を想起させられた事に違なかった。それと同時に、自分が、マスクを付けて居るときは、偶にマスクを付けて居る人に、逢うことが嬉しかったのに、自分がそれを付けなくなると、マスクを付けて居る人が、不快に見えると云う自己本位的な心持も交じって居た。が、そうした心持よりも、更にこんなことを感じた。自分がある男を、不快に思ったのは、強者に対する弱者の反感ではなかったか。あんなに、マスクを付けることに、熱心だった自分迄が、時候の手前、それを付けることが、何うにも気恥しくなって居る時に、勇敢に傲然とマスクを付けて、数千の人々の集まって居る所へ、押し出して行く態度は、可なり徹底した強者の態度ではあるまいか。兎に角自分が世間や時候の手前、やり兼ねて居ることを、此の青年は勇敢にやって居るのだと思った。此の男を不快に感じたのは、此の男のそうした勇気に、圧迫された心持ではないかと自分は思った。

嚔

「女婿」より

佐々木邦

清之介君の結婚式は二ヵ月かかったというので未だに一つ話になっている。新夫婦は式後愛情真に濃かに、一ヵ月と二十何日というもの絶対に引き籠っていた。余り念が入った所為か、清之介君はその揚句初めて出勤する時、ネクタイの結び方を忘れてしまった。こんな筈はなかったのにと、白シャツ一枚で頻に我と我が喉の縊り方を研究している中に悪寒を覚えて、用心の為め又三四日休んだ。元来結婚式と新婚旅行の為め五日の予定で休暇を取ってから、丁度二月目で無事な顔を同僚に見せたのである。今は子供が三人も出来て、もう旧聞に属するけれど、これがその当座会社内の大評判だった。

その頃世界風邪、一名西班牙《スパニッシュ》インフルエンザというのが日本中に流行した。これは日本が欧洲大戦に参加して一等国になった実証でも何でもなく、実に迷惑千万な到来物だった。悪性の流行性感冒で、罹ると直ぐに肺炎を発する。東京丈けでも毎日何百という市民がこの疫癘に攫われて行く。学校も一時閉鎖となる有様。誰が死んだ彼れが死んだと、自分の一家は恙なくても、少くとも、知人友人を失わないものはなかったろう。この騒ぎの名残が今日でも東京の電車に跡を止めている。——咳嗽噴嚏をする時は布片《きれ》又は紙などにて鼻口を覆うこと——とある。嚏はその方針を一々電車の掲示に指定して置くほど人生の大問題だろうか? 鼻腔に故障のない限りは、頼まれても然う無暗に出る筈のものでない。然るに当時は嚏から世界風邪が感染したのである。西班牙人の男性か女性か知らないが、第一回に嚏をしたものの上に百千の呪いあれ! 嚏はその処置を市当局で斯くの如く制定するほどの重大事件になった。この要旨を布衍して、命を惜しい人は皆烏天狗のようなマスクをつけて歩いた。恐水病の流行った頃口籠を篏められて難渋したことのある畜犬共は、

「はて、到頭人間もやられたわい」

と目を見開いて快哉を叫んだと承る。この流感が猖獗を極めている最中に清之介君は結婚式を挙げたのである。

嫁の座に直った時、支配人の令嬢妙子さんは、姫御前のあられもない、極めて大きな嚏を一つして、唯さえ心恥かしい花の顔容を赤らめた。しかしその席に列していた父親は、

「ははあ、娘は何処かで褒められている。今朝の新聞にも娘の結婚のことが出ていた。虎の門出身の才媛として写真まで載せてあったから、今頃は彼方此方で器量を褒めているのだろう」

と解釈した。

間もなく盃の取り交しに移った時、花嫁は二つ続けて嚔をした。矢張りその場に控えていた母親は小首を傾げて、

「これはしたり。娘は誰に憎まれているのだろう？　憎むもののないように態態《わざわざ》姑のないところを選んだのだが、不思議なこともあればあるものだ」

と考え込んだ。

盃ごとが終った時、妙子さんは三つ嚔をして、両手で顔を覆った。父親の思えらく、

「吉兆、吉兆！　婿は娘に惚れている」

しかしお土産物の披露が済んで花婿が先ず席を立った時、花嫁は四つ続けて嚔をした。母親は娘の側に躪り寄って、

「妙子や、お前風邪をひいたんじゃないの？」

と不安そうに尋ねた。

「私、先刻から頭が痛くて仕方がありませんの」

と妙子さんは涙をホロホロ零した。仲人は花嫁のお土産の披露の中に西班牙インフルエンザを言い落したのである。

「熱は然うないようですがね」

と母親は娘の額に手を当てている。

「困ったなあ。精養軒の方へもう皆集まっている時分だのに、妙子や、お前我慢出来ないかい？」

と父親はそれほどまでに思っていない。

「矢っ張りありますよ、少し、熱が。ひょっとすると……」

と母親が言っている中に、既に諺にある噫の数をし尽つくした妙子さんは咳をし始めて、

「私、背中から水を浴びせられるように悪寒がして、迚も起きちゃいられませんわ」

とガタガタ震え出した。

「流感か知ら」

と父親は初めて思い当った。

「休まして戴きましょう。何にも心配することはありませんよ。もう此処がお前の家ですからね。寝ていようが起きていようがお前の勝手です」

と母親は娘に智恵をつけて、

「児島さん、もし、児島さん、一寸」

と仲人を麾ねいた。

「実は娘が流感らしいんでね」

と父親が用件を伝えた。今回は仲人でも平常は会社の下僚だから、児島さんは、

「ははあ、それはそれは」

と恐縮して、

「如何計らいましょうか?」

「直ぐ寝かしてやってくれ給え。それから医者だ。急いでね」

と父親は悉皆支配人になってしまった。

妙子さんは早速別間で床についた。斯ういう場合の用心にと羽二重の夜のものまで持って来ていたが、花婿の方でも、チャンと用意してあった。これによっても当時世界風邪が何れくらい流行っていたか察しられる。それは然うとして親戚の面々は急に手持ち無沙汰になって、立ったり坐ったりしている。

「皆さんは兎に角……ホテルじゃない、精養軒の方へお引き取り下さい。御覧の通りの次第ですから、婿だけ披露式に出すことと致します」

と父親が言う。

「あなた、芽出度い披露式早々から片一方欠けるなんかは縁起じゃございませんよ」

と母親は流感に罹れば死ぬものと思い込んでいるから、兎角気にする。

「でも芽出度い結婚式に発病しているじゃないか？　丈夫なもの丈け行くより外仕方がないよ」

「それですから、延しては戴けますまいか知ら？」

「今更延せないよ。もう会社のものが皆集まっている。清之介君丈けに出て貰うさ」

「それじゃ片一方が欠けると申しているんですよ」

「清之介君が出なけりゃ両方欠けるぜ。両方欠ければ一家全滅じゃないか？」

「そんなことを仰有るものじゃございませんよ」

「それじゃ何うすれば宜いんだ？」

と父親はムシャクシャしている。

「清之介さんには家に残って戴いて、児島さん御夫婦と私達が一寸顔出しをすれば宜しいじゃございませんか？　ねえ、児島さん？」

「左様左様」

と児島さんは相槌を打つ。

「しかし当人達が一向顔を見せなければ披露にならない。それじゃ写真でも並べるかな、告別式のように」

と父親はもう焼け無茶だ。

「まあまあ、御病気のことですから、お客さま方も御承知下さるでしょう」

と北海道から来た清之介君の兄が口を出して、

「それに清之介は披露といっても同僚ばかりで皆見知り越しでしょうから、家に残るとして、仲人のお方と二方で宜しいじゃございますまいか？　私もお供致します」

と自分の存在を主張した。重役の令嬢と平社員の結婚だから、何うしても婿側の肩身が狭い。先方の親戚は豪そうなのが十何人か控えているのに、此方は北海道の運送屋さんが唯一の兄で、これが中風の父親と親類全体を一手に代表している。尤も九州の叔母の配偶に陸軍大佐がある。清之介君は心細さの余りこの人に列席して貰おうと思って、再三懇願したけれど、遠隔の地とあって到頭来てくれなかった。

「会社のものばかりなら何うでも構いませんが、他からも大勢見えるのです。しかし妻が御幣を担ぎますから、仰せに従いましょうかな」

「そこのところは私から宜しくお客さま方へ申し上げます」

と仲人も口を添えた。

「然う願いましょう。それじゃ清之介君、頼みますよ」

と父親は時刻が追々移るので、竟に納得した。

「は、承知致しました。もう間もなく医者も参りますから、は」

と清之介君は舅即ち支配人と思っているから、甚だ腰が低い。

「成る可く早く切り上げて参りますから、何うぞね」

と母親も頼む。

「は、かしこまりました。は」

と一同が自動車に乗り込むのを見送って、清之介君は花嫁の休んでいる部屋へ引き返し、羽織袴のままでその枕頭に侍した。式は済んでもまだ言葉一つ交さないのだから女房とは思えない。如何に勇を鼓しても支配人の令嬢という頭がある。

「妙子、何うだね、容態は？」

と食わせれば宜かったのに、清之介君は極めて自然に、

「妙子さん、御気分は如何でございますか？」

とやってしまった。天下を嬶に渡すか渡さないかは最初の第一歩にある。

「頭が痛くて……」

と花嫁はもう余所行きは止めている。ここで覚るところあっても晩くはなかったのに清之介君は、

「もう医者が見える筈でございますが、斯うしている間に一つお熱を計らせて戴きましょう」

と矢張り羽織袴を脱がず、下へも置かない扱いを続けた。

「計って頂戴。大分あるようですよ」

「お待ち下さい。唯今検温器を探して参ります」

「序にお白湯を一杯頂戴、婆やに然う仰有ってね」

と妙子さんは何も当日から支配人の娘を鼻にかけたのでなく、単に良人として遇したのである。然るに清之介君は女房を支配人の令嬢として遇していたから、

「は、承知致しました」

と応じた。女中もいるし、里から婆やも手伝いに来ているのだから、それに命じて煙草でも喫っていれば宜いのに、自らお湯を汲んで来て、

「お熱うございますよ。検温器はここに置きます」

「来い来い早々御面倒をかけますわね」

と妙子さんは病苦の中にも態態粗雑な言葉を吟味して女房振りを見せているのに、

「いいえ、何う致しまして」

と清之介君は何処までも女房を令嬢扱いにしている。後日悉皆細君の下敷になってしまったのも全く道理のないことでない。

妙子さんはもう噎は止まったが、頻りに咳をした。時計を見つめていた清之介君が、

「もう宜しゅうございましょう」

と言っても聞えないくらいだった。拠なく、

「失礼でございますが、一寸……」

と断って、妙子さんの腋の下から検温器を引き出さなければならなかった。

「大変でございますよ。三十九度七分！」

「流感でしょうね？」

と微かに呟いて、妙子さんは目を閉じた。長い睫毛に涙が露と宿っていた。

「さあ、何うでございましょうか知ら？　お胸がお痛みでございましょうか？」

と訊いても返辞がなかった。唯息使いだけが小刻みに荒く聞える。

「妙子さん、あなたお苦しゅうございましょうね？」

「…………」

「もう医者が参りましょう」

細君は良人の奴隷ではない。御機嫌次第では良人の言葉に応答しなくても宜い。殊に自分が何か屈託があって良人が小煩い時には然う一々返辞をするものでない。若しそれがお気に召さなくて、

「おい、返辞をしろ！　お前は耳がないのか？」

と極めつけられたら、

「あなたは随分勝手なお方ね。私の欲しいものを二つ返辞で買って下すったことがございますの？」

と遣り返す資格がある。妙子さんはもう細君だから、この作法の実行を心掛けていたのである。

然るに分りの悪い清之介君は、

「妙子さん、あなたお白湯は召し上りませんの？」

と飽くまであなたさまに崇め奉っている。

折から俥が玄関に止まって、婆やと女中が医者を案内して来た。待ち侘びていた清之介君は慇懃に迎えて、座蒲団を薦め、早速発病の次第を説明し始めた。先生は、

「ははあ。ははあ」

と頷きながら聴いている。

「ははあ、成程、結婚式で……それはお芽出度うございました」

と軽くお辞儀をして花嫁の方へ振り向き、

「……ははあ、そのままお休みに……披露式へはお出にならずに……ははあ、成程、瀬戸際まで漕ぎつけて、それは少々お気の毒でございましたな」

と又清之介君を顧みて破顔一笑した。

診察の結果は申すまでもなく流行の世界風邪と決定した。ここ両三日が最も大切で肺炎に変じないとも限らないとあった。医者は手当の方法を詳しく言い含め、尚お看護婦の周旋を引き受けて立ち去った。後には清之介君、もう羽織袴どころではなかった。女中を氷屋へ走らせる。追っかけて婆やに氷嚢を買いにやる。その間に自ら瓦斯にかかって湯湯婆のお湯を沸す。嫁を貰うとばかり思い込んでいて、看病の支度はしてある筈がないから、実際慌てたのである。

「あなた、私癒りましょうかね？」

と妙子さんは心細そうに尋ねた。

「大丈夫でございますよ。未だ肺炎と定まった次第ではありませんから、御心配なすっちゃいけません」

と清之介君は力をつけた。

「母は未だでしょうか？」

「もうソロソロお帰りでございましょう」

「真正に御迷惑をかけて申訳ありませんわね」

「いや、何う致しまして」

清之介君の迷惑は啻に花嫁の介抱丈けに止まらなかった。妙子さんが三日目に医者の懸念通り肺炎と変症した頃から、清之介君も咳をし始めて、晩に一寝入りすると熱が出た。そうして翌日は流感、その翌々日は肺炎と事が捗った。双方勝り劣りのない重態で、一時は会社でも何方が早く片付くだろうかと噂をしていた。しかし里方総出の看護が効を奏して、妙子さんの熱が先ず分離し、それから三日目に清之介君のが分離した。何うしても細君本位の家庭と見えて、良人は後になる。

談話をしても差支えない程度まで元気づいた時、未だ毎日采配を振りに来る母親が二人の病室の仕切りになっていた襖を外してくれた。

「妙子さん、もう御安心でございますね」

と清之介君が先ず御機嫌を伺った。

「宜うございましたわね。あなたも」

と妙子さんは同慶の意を伝えた。

「私、もうお目にかかれないと思いましたのよ」

「私も。でも最早大丈夫でしょうね？」

「大丈夫でございますとも」

「飛んだお土産を持って来て真正にお気の毒でしたわね」

「いや、何う致しまして」

と清之介君は死ぬほどの目に会わされても一向意に介していない。

肥立ちに入っても用心の為め双方に看護婦が附き添っていたから、清之介君は細君と打ち解ける機会がなかった。随って矢張り女房と思えない。依然として支配人の令嬢「妙子さん」の「あなた」だった。尚お具合の悪いことには東京に身寄りのない清之介君は、この大患の間何彼につけて細君のお里に負うところが甚だ多かったのである。見す見す妙子さんのお土産を背負ったことは分っていても、

「お蔭さまで命拾いを致しました」

と支配人夫婦にお礼を言わなければならなかった。好い面の皮だけれど、両親に於ても然う確信しているから仕方がない。妙子さんのが伝ったとは決して仰有らない。唯清之介さんが流感に罹った、と全く別口に扱っている。母親は殊に身贔屓が強く、

「娘は確かに音楽会から背負って参ったのでございますよ。一人で沢山なところへ婿まで罹りましてね。而もこの方が余程念入りでございました。あれは潜伏期の長いほど性質が悪いと申します。娘のと違って直ぐ呼吸困難に陥りますから、一週間というもの私が附ききりでございました。まあ、酸素吸入で命を買ったようなものでございます。でも式が済んでからで宜うございましたよ。他人では迚もあれ丈け立ち入った看病は出来ませんからね」

と言っている。肚の中では清之介君のが妙子さんに伝ったと思っているのかも知れない。兎に角里は嫁の親であると同時に婿の命の親になってしまった。新婚早々これ丈けの恩顧を蒙ったのだから、唯さえ下り勝ちの頭が全く上らなくなったのも無理はない。

清之介君は一ッ橋出身である。お天道さまは今勤めている会社ばかりに照らない。人並の腕のあるものは何処へ行っても食える。支配人の令嬢を貰わなくても、立身出世の道はいくらもある。清之介君の縁談を耳にした時、同勤の親友辻村君はこの理を推して、

「支配人の女婿ということは一生祟るぜ。いくら出世をしてもあれはあれだからと言われる。僕

は君の個性の為めに惜しむのさ」

と注意を喚んだ。しかし清之介君は既に一応首を縦に振った後だったから、

「何あに、個性は全うするさ。養子に行くんじゃあるまいし、高が女一匹だもの、何うにでも操縦するよ」

と自分の立場を弁護する外なかった。

それはさて置き、若い血汐の漲っている有難さ、新夫婦はズンズン回復した。看護婦もお暇が出て、初めて水入らずの新家庭になった。但し里方干渉の習慣は流感のどさくさ紛れに堅く根を張ってしまって、母親が一日置きに見舞いに来る。尤も妙子さんは末の娘だから呉れたような貰ったようなところという最初からの註文で、東京に親戚のない清之介君に白羽の矢が立ったのである。それはお婿さんも仲人の打ち明け話で承知だったが、単に希望に過ぎないと解釈していた。

ところが或日のこと、

「あなた、今日は少し御相談があってお母さんがお見えになったんですよ」

と妙子さんが紹介した。

「実は宅の家作が一軒急に明いたのでございます。清之介さんも御存知じゃなくて？　宅から停

留場へ出る道で、赤いポストの側の門構えでございます」

と母親は直ぐに喋り出した。

「ここよりも余っ程大きくて日当りが好いんですよ。肺炎の後は一体なら転地する方が安心ですけれど、然うも参りませんから、ねえ、あなた、越しましょうよ」

と妙子さんも口を添えた。

「ははあ、私達が引越すんでございますか？」

と清之介君は初めて意味が分った。

「まあ、他人ごとのように仰有って。オホホホホ。お母さん、私達お家賃は払いませんよ」

「いいえ、敷金まで入れて貰いますよ。オホホホホ」

と母子が面白そうに笑って、もう転宅が定ってしまったのである。

途上

谷崎潤一郎

東京T・M株式会社員法学士湯河《ゆがわ》勝太郎が、十二月も押し詰まった或る日の夕暮の五時頃に、金杉橋の電車通りを新橋の方へぶらぶら散歩して居る時であった。

「もし、もし、失礼ですがあなたは湯河さんじゃございませんか。」

ちょうど彼が橋を半分以上渡った時分に、こう云って後ろから声をかけた者があった。湯河は振り返った、――すると其処に、彼には嘗て面識のない、しかし風采の立派な一人の紳士が慇懃に山高帽を取って礼をしながら、彼の前へ進んで来たのである。

「そうです、私は湯河ですが、……」

湯河はちょっと、その持ち前の好人物らしい狼狽え方で小さな眼をパチパチやらせた。そうしてさながら彼の会社の重役に対する時の如くおどおどした態度で云った。なぜなら、その紳士は全く会社の重役に似た堂々たる人柄だったので、彼は一と目見た瞬間に、「往来で物を云いかける無礼な奴」と云う感情を忽ち何処へか引込めてしまって、我知らず月給取りの根性をサラケ出したのである。紳士は猟虎の襟の附いた、西班牙犬の毛のように房々した黒い玉羅紗の外套を纏って、（外套の下には大方モーニングを着て居るのだろうと推定される）縞のズボンを穿いて、象牙のノッブのあるステッキを衝いた、色の白い、四十恰好の太った男だった。

「いや、突然こんな所でお呼び止めして失礼だとは存じましたが、わたくしは実は斯う云う者で、あなたの友人の渡辺法学士――あの方の紹介状を頂いて、たった今会社の方へお尋ねしたところでした。」

紳士は斯う云って二枚の名刺を渡した。湯河はそれを受け取って街灯の明りの下へ出して見た。一枚の方は紛れもなく彼の親友渡辺の名刺である。名刺の上には渡辺の手でこんな文句が認《したた》めてある、――「友人安藤一郎氏を御紹介する右は小生の同県人にて小生とは年来親しくして居る人なり君の会社に勤めつつある某社員の身元に就いて調べたい事項があるそうだから御面会の上宜敷《よろしく》御取計いを乞う」――もう一枚の名刺を見ると、「私立探偵安藤一郎　事務所　日本橋区蠣殻町三丁目四番地　電話　浪花五〇一〇番」と記してある。

「ではあなたは、安藤さんと仰っしゃるので、――」

湯河は其処に立って、改めて紳士の様子をじろじろ眺めた。「私立探偵」――日本には珍しい此の職業が、東京にも五六軒出来たことは知って居たけれど、実際に会うのは今日が始めてである。それにしても日本の私立探偵は西洋のよりも風采が立派なようだ、と、彼は思った。湯河は活動写真が好きだったので、西洋のそれにはたびたびフィルムでお目に懸って居たから。

「そうです、わたくしが安藤です。で、その名刺に書いてありますような要件に就いて、幸いあなたが会社の人事課の方に勤めておいでの事を伺ったものですから、それで只今会社へお尋ねして御面会を願った訳なのです。いかがでしょう、御多忙のところを甚だ恐縮ですが、少しお暇を割いて下さる訳には参りますまいか。」

紳士は、彼の職業にふさわしい、力のある、メタリックな声でテキパキと語った。

「なに、もう暇なんですから僕の方はいつでも差支えはありません、……」

と、湯河は探偵と聞いてから「わたくし」を「僕」に取り換えて話した。

「僕で分ることなら、御希望に従って何なりとお答えしましょう。しかし其の御用件は非常にお急ぎの事でしょうか、若しお急ぎでなかったら明日では如何でしょうか？　今日でも差支えはない訳ですが、斯うして往来で話をするのも変ですから、――」

「いや、御尤もですが明日からは会社の方もお休みでしょうし、わざわざお宅へお伺いするほどの要件でもないのですから、御迷惑でも少し此の辺を散歩しながら話して頂きましょう。それにあなたは、いつも斯うやって散歩なさるのがお好きじゃありませんか。ははは。」

と云って、紳士は軽く笑った。それは政治家気取りの男などがよく使う豪快な笑い方だった。

湯河は明かに困った顔つきをした。と云うのは、彼のポッケットには今しがた会社から貰って来た月給と年末賞与とが忍ばせてあった。その金は彼としては少からぬ額だったので、彼は私かに今夜の自分自身を幸福に感じて居た。此れから銀座へでも行って、此の間からせびられていた妻の手套《てぶくろ》と肩掛とを買って、――あのハイカラな彼女の顔に似合うようなどっしりした毛皮の奴を買って、――そうして早く家へ帰って彼女を喜ばせてやろう、――そんなことを思いながら歩いて居る矢先だったのである。彼は此の安藤と云う見ず知らずの人間の為めに、突然楽しい空想を破られたばかりでなく、今夜の折角の幸福にひびを入れられたような気がした。それはいいとしても、人が散歩好きのことを知って居て、会社から追っ駈けて来るなんて、何ぼ探偵でも厭な奴だ、どうしてこの男は己《おれ》の顔を知って居たんだろう、そう考えると不愉快だった。おまけに彼は腹も減って居た。

「どうでしょう、お手間は取らせない積りですが少し附き合って頂けますまいか。私の方は、或る個人の身元に就いて立ち入ったことをお伺いしたいのですから、却て会社でお目に懸るよりも往来の方が都合がいいのです。」

「そうですか、じゃ兎に角御一緒に其処まで行きましょう。」

湯河は仕方なしに紳士と並んで又新橋の方へ歩き出した。紳士の云うところにも理窟はあるし、それに、明日になって探偵の名刺を持って家へ尋ねて来られるのも迷惑だと云う事に、気が付いたからである。

歩き出すと直ぐに、紳士——探偵はポッケットから葉巻を出して吸い始めた。が、ものの一町も行く間、彼はそうして葉巻を吸って居るばかりだった。湯河が馬鹿にされたような気持でイライラして来たことは云うまでもない。

「で、その御用件と云うのを伺いましょう。僕の方の社員の身元と仰っしゃると誰の事でしょうか。僕で分ることなら何でもお答えする積りですが、——」

「無論あなたならお分りになるだろうと思います。」

紳士はまた二三分黙って葉巻を吸った。

「多分何でしょうな、其の男が結婚するとでも云うので身元をお調べになるのでしょうな。」

「ええそうなんです、御推察の通りです。」

「僕は人事課に居るので、よくそんなのがやって来ますよ。一体誰ですか其の男は?」

湯河はせめて其の事に興味を感じようとするらしく好奇心を誘いながら云った。

「さあ、誰と云って、――そう仰っしゃられるとちょっと申しにくい訳ですが、その人と云うのは実はあなたですよ。あなたの身元調べを頼まれて居るんですよ。こんな事は人から間接に聞くよりも、直接あなたに打つかった方が早いと思ったもんですから、それでお尋ねするのですがね。」

「僕はしかし、――あなたは御存知ないかも知れませんが、もう結婚した男ですよ。何かお間違いじゃないでしょうか。」

「いや、間違いじゃありません。あなたに奥様がおあんなさることは私も知って居ます。けれどもあなたは、まだ法律上結婚の手続きを済ましてはいらっしゃらないでしょう。そうして近いうちに、出来るなら一日も早く、その手続きを済ましたいと考えていらっしゃることも事実でしょう。」

「ああそうですか、分りました。するとあなたは僕の家内の実家の方から、身元調べを頼まれた訳なんですね。」

「誰に頼まれたかと云う事は、私の職責上申し上げにくいのです。あなたにも大凡そお心当りがおありでしょうから、どうか其の点は見逃して頂きとうございます。」

「ええよござんすとも、そんな事はちっとも構いません。僕自身の事なら何でも僕に聞いて下さい。間接に調べられるよりは其の方が僕も気持ちがよござんすから。――僕はあなたが、そう云う方法を取って下すった事を感謝します。」

「はは、感謝して頂いては痛み入りますな。――僕はいつでも（と、紳士も「僕」を使い出しながら）結婚の身元調べなんぞには此の方法を取って居るんです。相手が相当の人格のあり地位のある場合には、実際直接に打つかった方が間違いがないんです。それにどうしても本人に聞かなけりゃ分らない問題もありますからな。」

「そうですよ、そうですとも！」

と、湯河は嬉しそうに賛成した。彼はいつの間にか機嫌を直して居たのである。

「のみならず、僕はあなたの結婚問題には少からず同情を寄せて居ります。」

紳士は、湯河の嬉しそうな顔をチラと見て、笑いながら言葉を続けた。

「あなたの方へ奥様の籍をお入れなさるのには、奥様と奥様の御実家とが一日も早く和解なさらなけりゃいけませんな。でなければ奥様が二十五歳におなりになるまで、もう三四年待たなけりゃなりません。しかし、和解なさるには奥様よりも実はあなたを先方へ理解させることが必要なのです。それが何よりも肝心なのです。で、僕も出来るだけ御尽力はしますが、あなたもまあ其の為めと思って、僕の質問に腹蔵なく答えて頂きましょう。」

「ええ、そりゃよく分って居ます。ですから何卒《どうぞ》御遠慮なく、――」

「そこでと、――あなたは渡辺君と同期に御在学だったそうですから、大学をお出になったのはたしか大正二年になりますな？――先ず此の事からお尋ねしましょう。」

「そうです、大正二年の卒業です。そうして卒業すると直ぐに今のT・M会社へ這入ったのです。」

「左様、卒業なさると直ぐ、今のT・M会社へお這入りになった。――それは承知して居ますが、あなたがあの先《せん》の奥様と御結婚なすったのは、あれはいつでしたかな。あれは何でも、会社へお這入りになると同時だったように思いますが――」

「ええそうですよ、会社へ這入ったのが九月でしてね、明くる月の十月に結婚しました。」

「大正二年の十月と、――（そう云いながら紳士は右の手を指折り数えて、）するとちょうど満五年半ばかり御同棲なすった訳ですね。先《せん》の奥様がチブスでお亡くなりになったのは、大正八年の四月だった筈ですから。」

「ええ」

と云ったが、湯河は不思議な気がした。「此の男は己《おれ》を間接には調べないと云って置きながら、いろいろの事を調べている。」――で、彼は再び不愉快な顔つきになった。

「あなたは先の奥さんを大そう愛して居らしったそうですね。」

「ええ愛して居ました。――しかし、それだからと云って今度の妻を同じ程度に愛しないと云う訳じゃありません。亡くなった当座は勿論未練もありましたけれど、その未練は幸いにして癒やし難いものではなかったのです。今度の妻がそれを癒やしてくれたのです。だから僕は其の点から云っても、是非とも久満子《くまこ》と、――久満子と云うのは今の妻の名前です。お断りするまでもなくあなたは疾うに御承知のことと思いますが、――正式に結婚しなければならない義務を感じて居ります。」

「イヤ御尤もで、」

と、紳士は彼の熱心な口調を軽く受け流しながら、

「僕は先の奥さんのお名前も知って居ります、筆子さんと仰っしゃるのでしょう、――それからまた、筆子さんが大変病身なお方で、チブスでお亡くなりになる前にも、たびたびお患いなすった事を承知して居ります。」

「驚きましたな、どうも。さすが御職掌柄で何もかも御存知ですな。そんなに知っていらっしゃるならもうお調べになるところはなさそうですよ。」

「あはははは、そう仰っしゃられると恐縮です。何分此れで飯を食って居るんですから、まあそんなにイジメないで下さい。――で、あの筆子さんの御病身の事に就いてですが、あの方はチブスをおやりになる前に一度パラチブスをおやりになりましたね、……斯うッと、それはたしか大正六年の秋、十月頃でした。かなり重いパラチブスで、なかなか熱が下らなかったのであなたが非常に御心配なすったと云う事を聞いて居ります。それから其の明くる年、大正七年になって、正月に風を引いて五六日寝ていらしったことがあるでしょう。」

「ああそうそう、そんなこともありましたっけ。」

「その次には又、七月に一度と、八月に二度と、夏のうちは誰にでも有りがちな腹下しをなさいましたな。此の三度の腹下しのうちで、二度は極く軽微なものでしたからお休みになるほどではなかったようですが、一度は少し重くって一日二日伏せっていらしった。すると、今度は秋になって例の流行性感冒がはやり出して来て、筆子さんはそれに二度もお罹りになった。即ち十月に一遍軽いのをやって、二度目は明くる年の大正八年の正月のことでしたろう。その時は肺炎を併発して危篤な御容態だったと聞いて居ります。その肺炎がやっとの事で全快すると、二た月も経たないうちにチブスでお亡くなりになったのです。――そうでしょうな？　僕の云うことに多分間違いはありますまいな？」

「ええ」

と云ったきり湯河は下を向いて何か知ら考え始めた、――二人はもう新橋を渡って歳晩の銀座通りを歩いて居たのである。

「全く先の奥さんはお気の毒でした。亡くなられる前後半年ばかりと云うものは、死ぬような大患いを二度もなすったばかりでなく、其の間に又胆を冷やすような危険な目にもチョイチョイお会いでしたからな。――あの、窒息事件があったのはいつ頃でしたろうか？」

そう云っても湯河が黙って居るので、紳士は独りで頷きながらしゃべり続けた。

「あれは斯うッと、奥さんの肺炎がすっかりよくなって、二三日うちに床上げをなさろうと云う時分、――病室の瓦斯ストーブから間違いが起ったのだから何でも寒い時分ですな、二月の末のことでしたろうかな、瓦斯の栓が弛んで居たので、夜中に奥さんがもう少しで窒息なさろうとしたのは。しかし好い塩梅に大事に至らなかったものの、あの為めに奥さんの床上げが二三日延びたことは事実ですな。――そうです、そうです、それからまだこんな事もあったじゃありませんか、奥さんが乗合自動車で新橋から須田町へおいでになる途中で、その自動車が電車と衝突して、すんでの事で……」

「ちょっと、ちょっとお待ち下さい。僕は先《さっき》からあなたの探偵眼には少からず敬服して居ますが、一体何の必要があって、いかなる方法でそんな事をお調べになったのでしょう。」

「いや、別に必要があった訳じゃないんですがね、僕はどうも探偵癖があり過ぎるもんだから、つい余計な事まで調べ上げて人を驚かして見たくなるんですよ。自分でも悪い癖だと思って居ますが、なかなか止められないんです。今直きに本題へ這入りますから、まあもう少し辛抱して聞いて下さい。――で、あの時奥さんは、自動車の窓が壊れたので、ガラスの破片で額へ怪我をなさいましたね。」

「そうです。しかし筆子は割りに呑気な女でしたから、そんなにビックリしても居ませんでしたよ。それに、怪我と云ってもほんの擦《かす》り傷でしたから。」

「ですが、あの衝突事件に就いては、僕が思うのにあなたも多少責任がある訳です。」

「なぜ?」

「なぜと云って、奥さんが乗合自動車へお乗りになったのは、あなたが電車へ乗るな、乗合自動車で行けとお云いつけになったからでしょう。」

「そりゃ云いつけました――かも知れません。僕はそんな細々した事までハッキリ覚えては居ませんが、成る程そう云いつけたようにも思います。そう、そう、たしかにそう云ったでしょう。それは斯う云う訳だったんです、何しろ筆子は二度も流行性感冒をやった後でしたろう、そうして其の時分、人ごみの電車に乗るのは最も感冒に感染し易いと云う事が、新聞なぞに出て居る時分でしたろう、だから僕の考では、電車より乗合自動車の方が危険が少いと思ったんです。それで決して電車へは乗るなと、固く云いつけた訳なんです、まさか筆子の乗った自動車が、運悪く衝突しようとは思いませんからね。僕に責任なんかある筈はありませんよ。筆子だってそんな事は思いもしなかったし、僕の忠告を感謝して居るくらいでした。」

「勿論筆子さんは常にあなたの親切を感謝しておいででした、亡くなられる最後まで感謝しておいででした。けれども僕は、あの自動車事件だけはあなたに責任があると思いますね。そりゃあなたは奥さんの御病気の為めを考えてそうしろと仰っしゃったでしょう。それはきっとそうに違いありません。にも拘らず、僕はやはりあなたに責任があると思いますね。」

「なぜ?」

「お分りにならなければ説明しましょう、——あなたは今、まさかあの自動車が衝突しようとは思わなかったと仰っしゃったようです。しかし奥様が自動車へお乗りになったのはあの日一日だけではありませんな。あの時分、奥さんは大患いをなすった後で、まだ医者に見て貰う必要があって、一日置きに芝口のお宅から万世橋の病院まで通っていらしった。それも一と月くらい通わなければならない事は最初から分って居た。そうして其の間はいつも乗合自動車へお乗りになった。衝突事故があったのはつまり其の期間の出来事です。よござんすかね。ところでもう一つ注意すべきことは、あの時分はちょうど乗合自動車が始まり立てで、衝突事故が屡々あったのです。衝突しやしないかと云う心配は、少し神経質の人には可なりあったのです。――ちょっとお断り申して置きますが、あなたは神経質の人です、――そのあなたがあなたの最愛の奥さんを、あれほどたびたびあの自動車へお乗せになると云う事は少くとも、あなたに似合わない不注意じゃないでしょうか。一日置きに一と月の間あれで往復するとなれば、その人は三十回衝突の危険に曝されることになります。」

「あはははは、其処へ気が付かれるとはあなたも僕に劣らない神経質ですな。成る程、そう仰っしゃられると、僕はあの時分のことをだんだん思い出して来ましたが、僕もあの時満更《まんざら》それに気が付かなくはなかったのです、けれども僕は斯う考えたのです。自動車に於ける衝突の危険と、電車に於ける感冒伝染の危険と、孰方《どっち》がプロバビリティーが多いか。それから又、仮りに危険のプロバビリティーが両方同じだとして、孰方が余計生命に危険であるか。此の問題を考えて見て、結局乗合自動車の方がより安全だと思ったのです。なぜかと云うと、今あなたの仰っしゃった通り月に三十回往復するとして、若し電車に乗れば其の三十台の電車の孰れにも、必ず感冒の黴菌が居ると思わなければなりません。あの時分は流行の絶頂期でしたからそう見るのが至当だったのです。既に黴菌が居るとなれば、其処で感染するのは偶然ではありません。然るに自動車の事故の方は此れは全く偶然の禍です。無論どの自動車にも衝突のポシビリティーはありますが、しかし始めから禍因が歴然と存在して居る場合とは違いますからな。次には斯う云う事も私には云われます。筆子は二度も流行性感冒に罹って居ます、此れは彼女が普通の人よりもそれに罹り易い体質を持って居る証拠です。だから電車へ乗れば、彼女は多勢の乗客の内でも危険を受ける可く択ばれた一人とならなければなりません。自動車の場合には乗客の感ずる危険は平等です。のみならず僕は危険の程度に就いても斯う考えました。彼女が若し、三度目に流行性感冒に罹ったとしたら、必ず又肺炎を起すに違いないし、そうなると今度こそ助からないだろう。一度肺炎をやったものは再び肺炎に罹り易いと云う事を聞いても居ましたし、おまけに彼女は病後の衰弱から十分恢復し切らずに居た時ですから、僕の此の心配は杞憂ではなかったのです。ところが衝突の方は、衝突したから死ぬと極まってやしませんからな。よくよく不運な場合でなけりゃ大怪我をすると云う事もないし、大怪我がもとで命を取られるような事はめったにありゃしませんからな。そうして僕の此の考えはやはり間違っては居なかったのです。御覧なさい、筆子は往復三十回の間に一度衝突に会いましたけれど、僅かに擦《かす》り傷だけで済んだじゃありませんか。」

「成る程、あなたの仰っしゃることは唯それだけ伺って居れば理窟が通って居ます。何処にも切り込む隙がないように聞えます。が、あなたが只今仰っしゃらなかった部分のうちに、実は見逃してはならないことがあるのです。と云うのは、今のその電車と自動車との危険の可能率の問題ですな、自動車の方が電車よりも危険の率が少い、また危険があっても其の程度が軽い、そうして乗客が平等にその危険性を負担する、此れがあなたの御意見だったようですが、少くともあなたの奥様の場合には、自動車に乗っても電車と同じく危険に対して択ばれた一人であったと、僕は思うのです。決して外の乗客と平等に危険に曝されては居なかった筈です。つまり、自動車が衝突した場合に、あなたの奥様は誰よりも先に、且恐らくは誰よりも重い負傷を受けるべき運命の下に置かれていらしった。此の事をあなたは見逃してはなりません。」

「どうしてそう云う事になるでしょう？　僕には分りかねますがね。」

「ははあ、お分りにならない？　どうも不思議ですな。――しかしあなたは、あの時分筆子さんに斯う云うことを仰っしゃいましたな、乗合自動車へ乗る時はいつも成る可く一番前の方へ乗れ、それが最も安全な方法だと――」

「そうです、その安全と云う意味は斯うだったのです、――」

「いや、お待ちなさい、あなたの安全と云う意味は斯うだったでしょう、――自動車の中にだって矢張いくらか感冒の黴菌が居る。で、それを吸わないようにするには、成るべく風上の方に居るがいいと云う理窟でしょう。すると乗合自動車だって、電車ほど人がこんでは居ないにしても感冒伝染の危険が絶無ではない訳ですな。あなたは先《さっき》この事実を忘れておいでのようでしたな。それからあなたは今の理窟に附け加えて、乗合自動車は前の方へ乗る方が震動が少い、奥さんはまだ病後の疲労が脱け切らないのだから、成るべく体を震動させない方がいい。——此の二つの理由を以て、あなたは奥さんに前へ乗ることをお勧めなすったのです。勧めたと云うよりは寧ろ厳しくお云いつけになったのです。奥さんはあんな正直な方で、あなたの親切を無にしては悪いと考えていらしったから、出来るだけ命令通りになさろうと心がけておいででした。そこで、あなたのお言葉は着々と実行されて居ました。」

「…………」

「よござんすかね、あなたは乗合自動車の場合に於ける感冒伝染の危険と云うものを、最初は勘定に入れていらっしゃらなかった。いらっしゃらなかったにも拘らず、それを口実にして前の方へお乗せになった、——ここに一つの矛盾があります。そうしてもう一つの矛盾は、最初勘定に入れて置いた衝突の危険の方は、その時になって全く閑却されてしまったことです。乗合自動車の一番前の方へ乗る、——衝突の場合を考えたら、此のくらい危険なことはないでしょう、其処に席を占めた人は、その危険に対して結局択ばれた一人になる訳です。だから御覧なさい、あの時の怪我をしたのは奥様だけだったじゃありませんか、あんな、ほんのちょっとした衝突でも、外のお客は無事だったのに奥様だけは擦《かす》り傷をなすった。あれがもっとひどい衝突だったら、外のお客が擦り傷をして奥様だけが重傷を負います。更にひどかった場合には、外のお客が重傷を負って奥様だけが命を取られます。――衝突と云う事は、仰っしゃる迄もなく偶然に違いありません。しかし其の偶然が起った場合に、怪我をすると云う事は、奥様の場合には偶然でなく必然です。」

二人は京橋を渡った、が、紳士も湯河も、自分たちが今何処を歩いて居るかをまるで忘れてしまったかのように、一人は熱心に語りつつ一人は黙って耳を傾けつつ真直ぐに歩いて行った。

――

「ですからあなたは、或る一定の偶然の危険の中へ奥様を置き、そうして其の偶然の範囲内での必然の危険の中へ、更に奥様を追い込んだと云う結果になります。此れは単純な偶然の危険とは意味が違います。そうなると果して電車より安全かどうか分らなくなります。第一、あの時分の奥様は二度目の流行性感冒から直ったばかりの時だったのです、従って其の病気に対する免疫性を持って居られたと考えるのが至当ではないでしょうか。僕に云わせれば、あの時の奥様には絶対に伝染の危険はなかったのでした。択ばれた一人であっても、それは安全な方へ択ばれて居たのでした。一度肺炎に罹ったものがもう一度罹り易いと云う事は、或る期間を置いての話です。」

「しかしですね、その免疫性と云う事も僕は知らないじゃなかったんですが、何しろ十月に一度罹って又正月にやったんでしょう。すると免疫性もあまりアテにならないと思ったもんですから、……」

「十月と正月との間には二た月の期間があります。ところがあの時の奥様はまだ完全に直り切らないで咳をしていらしったのです。人から移されるよりは人に移す方の側だったのです。」

「それからですね、今お話の衝突の危険と云うこともですね、既に衝突その物が非常に偶然な場合なんですから、その範囲内での必然と云って見たところが、極く極く稀な事じゃないでしょうか。偶然の中の必然と単純な必然とは矢張意味が違いますよ。況んや其の必然なるものが必然怪我をすると云うだけの事で、必然命を取られると云う事にはならないのですからね。」

「けれども、偶然ひどい衝突があった場合には必然命を取られると云う事は云えましょうな。」

「ええ云えるでしょう、ですがそんな論理的遊戯をやったって詰まらないじゃありませんか。」

「あははは、論理的遊戯ですか、僕は此れが好きだもんですから、ウッカリ図に乗って深入りをし過ぎたんです、イヤ失礼しました。もう直き本題に這入りますよ。――で、這入る前に、今の論理的遊戯の方を片附けてしまいましょう。あなただって、僕をお笑いなさるけれど実はなかなか論理がお好きのようでもあるし、此の方面では或は僕の先輩かも知れないくらいだから、満更興味のない事ではなかろうと思うんです。そこで、今の偶然と必然の研究ですな、あれを或る一個の人間の心理と結び付ける時に、茲に新たなる問題が生じる、論理が最早や単純な論理でなくなって来ると云う事に、あなたはお気付きにならないでしょうか。」

「さあ、大分むずかしくなって来ましたな。」

「なにむずかしくも何ともありません。或る人間の心理と云ったのはつまり犯罪心理を云うのです。或る人が或る人を間接な方法で誰にも知らせずに殺そうとする。――殺すと云う言葉が穏当でないなら、死に至らしめようとして居る。そうして其の為めに、その人を成るべく多くの危険へ露出させる。その場合に、その人は自分の意図を悟らせない為めにも、又相手の人を其処へ知らず識らず導く為めにも、偶然の危険を択ぶより外仕方がありません。しかし其の偶然の中に、ちょいとは目に付かない或る必然が含まれて居るとすれば、猶更お誂え向きだと云う訳です。で、あなたが奥さんを乗合自動車へお乗せになった事は、たまたま其の場合と外形に於いて一致しては居ないでしょうか？　僕は『外形に於いて』と云います、どうか感情を害しないで下さい。無論あなたにそんな意図があったとは云いませんが、あなたにしてもそう云う人間の心理はお分りになるでしょうな。」

「あなたは御職掌柄妙なことをお考えになりますね。外形に於いて一致して居るかどうか、あなたの御判断にお任せするより仕方がありませんが、しかしたった一と月の間、三十回自動車で往復させただけで、その間に人の命が奪えると思って居る人間があったら、それは馬鹿か気違いでしょう。そんな頼りにならない偶然を頼りにする奴もないでしょう。」

「そうです、たった三十回自動車へ乗せただけなら、其の偶然が命中する機会は少いと云えます。けれどもいろいろな方面からいろいろな危険を捜し出して来て、其の人の上へ偶然を幾つも幾つも積み重ねる、――そうするとつまり、命中率が幾層倍にも殖えて来る訳です。無数の偶然的危険が寄り集まって一個の焦点を作って居る中へ、その人を引き入れるようにする。そうなった場合には、もう其の人の蒙《こうむ》る危険は偶然でなく必然になって来るのです。」

「――と仰っしゃると、たとえばどう云う風にするのでしょう？」

「たとえばですね、ここに一人の男があって其の妻を殺そう、――死に至らしめようと考えて居る。然るにその妻は生れつき心臓が弱い。――此の心臓が弱いと云う事実の中には、既に偶然的危険の種子《たね》が含まれて居ます。で、その危険を増大させる為めに、ますます心臓を悪くするような条件を彼女に与える。たとえば其の男は妻に飲酒の習慣を附けさせようと思って、酒を飲むことをすすめました。最初は葡萄酒を寝しなに一杯ずつ飲むことをすすめる、その一杯をだんだんに殖やして食後には必ず飲むようにさせる、斯うして次第にアルコールの味を覚えさせました。しかし彼女はもともと酒を嗜む傾向のない女だったので、夫が望むほどの酒飲みにはなれませんでした。そこで夫は、第二の手段として煙草をすすめました。『女だって其のくらいな楽しみがなけりゃ仕様がない』そう云って、舶来のいい香《にお》いのする煙草を買って来ては彼女に吸わせました。ところが此の計画は立派に成功して、一と月ほどのうちに、彼女はほんとうの喫煙家になってしまったのです。もう止《よ》そうと思っても止せなくなってしまったのです。次に夫は、心臓の弱い者には冷水浴が有害であることを聞き込んで来て、それを彼女にやらせました。『お前は風を引き易い体質だから、毎朝怠らず冷水浴をやるがいい』と、其の男は親切らしく妻に云ったのです。心の底から夫を信頼して居る妻は直ちに其の通り実行しました。そうして、それらの為めに自分の心臓がいよいよ悪くなるのを知らずに居ました。ですがそれだけでは夫の計画が十分に遂行されたとは云えません。彼女の心臓をそんなに悪くして置いてから、今度は其の心臓に打撃を与えるのです。つまり、成るべく高い熱の続くような病気、——チブスとか肺炎とかに罹り易いような状態へ、彼女を置くのですな。其の男が最初に択んだのはチブスでした。彼は其の目的で、チブス菌の居そうなものを頻りに細君に喰べさせました。『亜米利加人は食事の時に生水を飲む、水をベスト・ドリンクだと云って賞美する』などと称して、細君に生水を飲ませる。刺身を喰わせる。それから、生の牡蠣と心太にはチブス菌が多い事を知って、それを喰わせる。勿論細君にすすめる為めには夫自身もそうしなければなりませんでしたが、夫は以前にチブスをやったことがあるので、免疫性になって居たんです。夫の此の計画は、彼の希望通りの結果を齎しはしませんでしたが、殆ど七分通りは成功しかかったのです。と云うのは、細君はチブスにはなりませんでしたけれども、パラチブスにかかりました。そうして一週間も高い熱に苦しめられました。が、パラチブスの死亡は一割内外に過ぎませんから、幸か不幸か心臓の弱い細君は助かりました。夫はその七分通りの成功に勢いを得て、其の後も相変らず生物を喰べさせることを怠らずに居たので、細君は夏になると屡々下痢を起しました。夫は其の度毎にハラハラしながら成り行きを見て居ましたけれど、生憎にも彼の註文するチブスには容易に罹らなかったのです。するとやがて、夫の為めには願ってもない機会が到来したのです。それは一昨年の秋から翌年の冬へかけての悪性感冒の流行でした。夫は此の時期に於いてどうしても彼女を感冒に取り憑かせようとたくらんだのです。十月早々、彼女は果してそれに罹りました、――なぜ罹ったかと云うと、彼女は其の時分、咽喉を悪くして居たからです。夫は感冒予防の嗽いをしろと云って、わざと度の強い過酸化水素水を拵えて、それで始終彼女に嗽いをさせて居ました。その為めに彼女は咽喉カタールを起して居たのです。のみならず、ちょうど其の時に親戚の伯母が感冒に罹ったので、夫は彼女を再三其処へ見舞いにやりました。彼女は五度び目に見舞いに行って、帰って来ると直ぐに熱を出したのです。しかし、幸いにして其の時も助かりました。そうして正月になって、今度は更に重いのに罹ってとうとう肺炎を起したのです。……」

こう云いながら、探偵はちょっと不思議な事をやった、――持って居た葉巻の灰をトントンと叩き落すような風に見せて、彼は湯河の手頸の辺を二三度軽く小突いたのである、――何か無言の裡に注意をでも促すような工合に。それから、恰も二人は日本橋の橋手前まで来て居たのだが、探偵は村井銀行の先を右へ曲って、中央郵便局の方角へ歩き出した。無論湯河も彼に喰着《くっつ》いて行かなければならなかった。

「此の二度目の感冒にも、矢張夫の細工がありました。」

と、探偵は続けた。

「その時分に、細君の実家の子供が激烈な感冒に罹って神田のS病院へ入院することになりました。すると夫は頼まれもしないのに細君を其の子供の附添人にさせたのです。それは斯う云う理窟からでした、――『今度の風は移り易いから、め﹅っ﹅たな者を附き添わせることは出来ない。私の家内は此の間感冒をやったばかりで免疫になって居るから、附添人には最も適当だ。』――そう云ったので、細君も成る程と思って子供の看護をして居るうちに、再び感冒を背負い込んだのです。そうして細君の肺炎は可なり重態でした。幾度も危険のことがありました。今度こそ夫の計略は十二分に効を奏しかかったのです。夫は彼女の枕許で彼女が夫の不注意から斯う云う大患になったことを詫《あやま》りましたが、細君は夫を恨もうともせず、何処までも生前の愛情を感謝しつつ静かに死んで行きそうに見えました。けれども、もう少しと云うところで今度も細君は助かってしまったのです。夫の心になって見れば、九仞の功を一簣に虧いた、――とでも云うべきでしょう。そこで、夫は又工夫を凝らしました。これは病気ばかりではいけない。病気以外の災難にも遇わせなければいけない、――そう考えたので、彼は先《ま》ず細君の病室にある瓦斯ストオブを利用しました。その時分細君は大分よくなって居たから、もう看護婦も附いては居ませんでしたが、まだ一週間ぐらいは夫と別の部屋に寝て居る必要があったのです。で、夫は或る時偶然にこう云う事を発見しました。――細君は、夜眠りに就く時は火の用心を慮って瓦斯ストオブを消して寝る事。瓦斯ストオブの栓は、病室から廊下へ出る閾際にある事。細君は夜中に一度便所へ行く習慣があり、そうして其の時には必ず其の閾際を通る事。閾際を通る時に、細君は長い寝間着の裾をぞろぞろと引き擦って歩くので、その裾が五度に三度までは必ず瓦斯の栓に触る事。若し瓦斯の栓がもう少し弱かったら、裾が触った場合に其れが弛むに違いない事。病室は日本間ではあったけれども、建具がシッカリして居て隙間から風が洩らないようになっている事。――偶然にも、其処にはそれだけの危険の種子《たね》が準備されて居ました。茲に於いて夫は、その偶然を必然に導くにはほんの僅かの手数を加えればいいと云う事に気が付きました。それは即ち瓦斯の栓をもっと緩くして置く事です。彼は或る日、細君が昼寝をして居る時にこっそりと其の栓へ油を差して其処を滑かにして置きました。彼の此の行動は、極めて秘密の裡に行われた筈だったのですが、不幸にして彼は自分が知らない間にそれを人に見られて居たのです。――見たのは其時分彼の家に使われて居た女中でした。此の女中は、細君が嫁に来た時に細君の里から附いて来た者で、非常に細君思いの、気転の利く女だったのです。まあそんな事はどうでもよござんすがね、――」

探偵と湯河とは中央郵便局の前から兜橋を渡り、鎧橋を渡った。二人はいつの間にか水天宮前の電車通りを歩いて居たのである。

「――で、今度も夫は七分通り成功して残りの三分で失敗しました。細君は危く瓦斯の為めに窒息しかかったのですが、大事に至らないうちに眼を覚まして、夜中に大騒ぎになったのです。どうして瓦斯が洩れたのか、原因は間もなく分りましたけれど、それは細君自身の不注意と云う事になったのです。其の次ぎに夫が択んだのは乗合自動車です。これは先《さつき》もお話したように、細君が医者へ通うのを利用したので、彼はあらゆる機会を利用する事を忘れませんでした。そこで自動車も亦不成功に終った時に、更に新しい機会を掴みました。彼に其機会を与えた者は医者だったのです。医者は細君の病後保養の為めに転地する事をすすめたのです。何処か空気のいい処へ一と月ほど行って居るように、――そんな勧告があったので、夫は細君に斯う云いました、『お前は始終患ってばかり居るのだから、一と月や二た月転地するよりもいっそ家中でもっと空気のいい処へ引越すことにしよう。そうかと云って、あまり遠くへ越す訳にも行かないから、大森辺へ家を持ったらどうだろう。彼処なら海も近いし、己《おれ》が会社へ通うのにも都合がいいから。』此の意見に細君はすぐ賛成しました。あなたは御存知かどうか知りませんが、大森は大そう飲み水の悪い土地だそうですな、そうして其のせいか伝染病が絶えないそうですな、――殊にチブスが。――つまり其の男は災難の方が駄目だったので再び病気を狙い始めたのです。で、大森へ越してからは一層猛烈に生水や生物を細君に与えました。相変らず冷水浴を励行させ喫煙をすすめても居ました。それから、彼は庭を手入れして樹木を沢山に植え込み、池を掘って水溜りを拵え、又便所の位置が悪いと云って其れを西日の当るような方角に向き変えました。此れは家の中に蚊と蠅とを発生させる手段だったのです。いやまだあります、彼の知人のうちにチブス患者が出来ると、彼は自分は免疫だからと称して屢々其処へ見舞いに行き、たまには細君にも行かせました。こうして彼は気長に結果を待って居る筈でしたが、此の計略は思いの外早く、越してからやっと一と月も経たないうちに、且今度こそ十分に効を奏したのです。彼が或る友人のチブスを見舞いに行ってから間もなく、其処には又どんな陰険な手段が弄されたか知れませんが、細君はその病気に罹りました。そうして遂に其の為めに死んだのです。――どうですか、此れはあなたの場合に、外形だけはそっくり当てはまりはしませんかね。」

「ええ、――そ、そりゃ外形だけは――」

「あははは、そうです、今迄の所では外形だけはです。あなたは先《せん》の奥さんを愛していらしった、兎も角外形だけは愛していらしった。しかし其れと同時に、あなたはもう二三年も前から先の奥様には内証で今の奥様を愛していらしった。外形以上に愛していらしった。すると、今迄の事実に此の事実が加わって来ると、先の場合があなたに当てはまる程度は単に外形だけではなくなって来ますな。――」

二人は水天宮の電車通りから右へ曲った狭い横町を歩いて居た。横町の左側に「私立探偵」と書いた大きな看板を掲げた事務所風の家があった。ガラス戸の嵌った二階にも階下《した》にも明りが煌々と灯って居た。其処の前まで来ると、探偵は「あはははは」と大声で笑い出した。

「あはははは、もういけませんよ、もうお隠しなすってもいけませんよ。あなたは先から顫えていらっしゃるじゃありませんか。先の奥様のお父様が今夜僕の家であなたを待って居るんです。まあそんなに怯えないでも大丈夫ですよ。ちょっと此処へお這入んなさい。」

彼は突然湯河の手頸を摑んでぐいと肩でドーアを押しながら明るい家の中へ引き擦り込んだ。電灯に照らされた湯河の顔は真青だった。彼は喪心したようにぐらぐらとよろめいて其処にある椅子の上に臀餅をついた。

Ⅱ　感冒の床から

感冒の床から

与謝野晶子

今度の風邪は世界全体に流行って居るのだと云います。風邪までが交通機関の発達に伴れて世界的になりました。

この風邪の伝染性の急劇なのには実に驚かれます。私の宅などでも一人の子供が小学から伝染して来ると、家内全体が順々に伝染して仕舞いました。唯だ此夏備前の海岸へ行って居た二人の男の子だけがまだ今日まで煩わずに居るのは、海水浴の効験《ききめ》がこんなに著しいものかと感心されます。

東京でも大阪でもこの風邪から急性肺炎を起して死ぬ人の多いのは、新聞に死亡広告が殖えたのでも想像することが出来ます。文壇から俄に島村抱月さんを亡ったのも、この風邪の与えた大きな損害の一つです。

盗人を見てから縄を綯うと云うような日本人の便宜主義がこう云う場合にも目に附きます。どの幼稚園も、どの小学や女学校も、生徒が七八分通り風邪に罹って仕舞って後に、漸く相談会などを開いて幾日かの休校を決しました。どの学校にも学校医と云う者がありながら、衛生上の豫防や応急手段に就て不親切も甚だしいと思います。米騒動が起らねば物価暴騰の苦痛が有産階級に解らず、学生の凍死を見ねば非科学的な登山旅行の危険が教育界に解らないのと同じく、日本人に共通した目前主義や便宜主義の性癖の致す所だと思います。

米騒動の時には重立った都市で五人以上集まって歩くことを禁じました。伝染性の急劇な風邪の害は米騒動の一時的局部的の害とは異い、直ちに大多数の人間の健康と労働力とを奪うものです。政府はなぜ逸早くこの危険を防止する為に、大呉服店、学校、興行物、大工場、大展覧会等、多くの人間の密集する場所の一時的休業を命じなかったのでしょうか。そのくせ警視庁の衛生係は新聞を介して成るべく此際多人数の集まる場所へ行かぬがよいと警告し、学校医もまた同様の事を子供達に注意して居るのです。社会的施設に統一と徹底との欠けて居る為に、国民はどんなに多くの避らるべき、禍を避けずに居るか知れません。

今度の風邪は高度の熱を起し易く、熱を放任して置くと肺炎をも誘発しますから、解熱剤を服して熱の進向を頓挫させる必要があると云います。然るに大抵の町医師は薬価の関係から、最上の解熱剤であるミグレニンを初めピラミドンをも呑ませません。胃を害し易い和製のアスピリンを投薬するのが関の山です。一般の下層階級にあっては売薬の解熱剤を以て間に合せて居ります。こう云う状態ですから患者も早く癒らず、風邪の流行も一層烈しいのでは無いでしょうか。官公私の衛生機関と富豪とが協力して、ミグレニンやピラミドンを中流以下の患者に廉売するような應急手段が、米の廉売と同じ意味から行われたら宜しかろうと思います。平等はルッソオに始まったとは限らず、孔子も『貧しきを憂いず、均しからざるを憂う』と云い、列子も『均しきは天下の至理なり』と云いました。同じ時に団体生活を共にして居る人間でありながら、貧民であると云う物質的の理由だけで、最も有効な第一位の解熱剤を服すことが出来ず他の人よりも余計に苦しみ、余計に危険を感じると云う事は、今日の新しい倫理意識に考えて確に不合理であると思います。

実在が動的経験の過程であると云う事を最も顕著に実感させるものは、戦争を中心とした世界最近の局面です。複雑した種々の理由からでしょうが、足掛五年の間常に六七分の勝味を持って居た独墺側か、最近二三ヶ月になって俄に頽勢を示し、勃土両国の降伏に次で墺匈国の互解、独逸皇帝の退位要求までに急転直下したのは意外です。ほんとうに世界は転動激変の中に在ります。

明日の局面はどうなるか、学者にも新聞記者達にも全たく予測の附かないのが只今の実状です。唯だ狂暴な戦争の終熄する時が近づいて、平和克復の曙光が見え出したと云う事だけは何人にも豫感されます。

戦争からの解放、ああ何と云う嬉しい事でしょう。愛がどうの、正義がどうのと云った所で、罪悪の中の最大のものである戦争をして居る間は、人間は倫理と実行との矛盾の中に常に良心を裏切って居るのです、小善を幾ら積んでも大悪の贖罪にはなりません。戦争が止めばこの矛盾から免れる事が出来ます。子供に対する家庭と学校の倫理も初めて後ろ暗い所が無くなって、親も教師も良心の呵責を受けずに済みます。『兵は詭道なり』と孫子も二千年の昔に云いましたが、私達は茲に遅れ馳せながら戦争の非人道的、非文明的行為である事を真実に痛感しました。戦争が大仕掛であった丈に、世界人類の大多数の胸に染々と戦争の害悪が認識されました。之が昔の戦争と異う所で、もう之から後大多数の人間の承認を経ずに少数の権力者の専断で開戦すると云う乱暴な事の出来なくなったのは此度の職争のお蔭だと思います。

私は特に注意して今後の外国電報を読もうと思います。講和がどう云う風にして実現されるか。中欧と近東とに幾つの民主国が建設されるか。民族自決主義と云う問題が何処まで事実化されるか。交戦各国の巨大な戦費がどうして整理されるか。戦後に来ると予定されて居る世界の経済戦がどう云う風に進展するか。永久の平和を保障する国際同盟が果して有効に成立するか。出征の男子に代って占有した欧米婦人の職業がどの程度まで戦後にも婦人の手に維持されるであろうか。私達婦人が男子と共に注視すべき大問題は続々として発生します。是等は遠方の問題で無くて凡て私達日本人に影響する問題であるのです。こう云う動揺の甚だしい時代には、よく注意しないと、世界の新潮に取残されて迂闊固陋な人間になる恐れがあります。

どの国でも、陸軍の軍人と云う者が馬車馬のように自分の専門以外の事を知らず、世界の文明に遅れて居る者ですが、独逸はその軍人の蛮勇に誤られて今度の戦争を起し、そうして世界の憎悪を買って終に失敗しました。独逸も墺匈国も今後は世界の文明に徹した聡明な国民自身の支持に由って復興するでしょう。戦勝国の日本では独逸と反対に益々軍人の勢力を加えるかも知れません。私達は軍人の意見に妄従すること無く、私達の自我を以て直接に世界の文明に接觸し、批判し、取捨せねばならないと考えます。

序に私は此欄から原内閣の外相、内相及警視総監に御注意します。日本の西比利亜出兵が一点の侵略的野心も無いことは言うまでも無いことですが、東京の電車の中の広告に『呑むべしシベリヤの野。更に飲むべし桜正宗』とあるのは怪しからぬ事では無いでしょうか。それには馬上の軍人の絵までが附いて居ます。市営の電車にこう云う広告を寛仮して置く事は田尻市長にも責任があると思います。

（十一月七日）

死の恐怖

与謝野晶子

悪性の感冒が近頃のように劇しく流行して、健康であった人が発病後五日や七日で亡くなるのを見ると、平生唯だ「如何に生くべきか」と云う意識を先にして日を送って居る私達も、仏教信者のように無常を感じて、俄に死の恐怖を意識しないで居られません。物価の暴騰に由って、私達精神労働者はこの四五年来、食物に就て常に栄養の欠乏を苦にし、辛うじて飢餓線を守ることに努力して居るのですが、今は其れ以上に危険な死の脅威に迫られて居るのを実感します。

死は大いなる疑問です。その前に一切は空になります。紛紛たる人間の盛衰是非も死の前には全く価値を失います。人生の価値は私達が死の手に引渡されない以内の問題です。こう考えると、私達は死に就いて全く知らず、全く一辞も著けることの出来ないことを思わずに居られません。死は茫茫たる天空の彼方のように、私達の思慮の及ばない他界の秘密です。

或はまた、善悪、正邪、悲痛、歓楽の相対が「生」であるとするなら、其等の差別を超越した絶対一如の世界が「死」であるとも云われるでしょう。此の意味から「死」を絶対の安静と解することも出来ます。

また万法は流転して止まらず、一物として変化しないものは無いと共に、一物として滅するものは無いと考える時、生も死も、要するに一つの物が示す二様の変化に過ぎないことが直感されます。この意味から云えば、絶対は相対の中にあり、差別が即ち平等であることを思わずに居られません。生にして楽しくば死も楽しく、死にして悲しくば生も悲しく、否寧ろ苦楽悲喜の交錯が絶対の存在其物であるとも思われます。

私の体験を云うと、この第三の自覚が私の現在の死の恐怖を非常に緩和して居るのを発見します。私は死を怖れて居るに違いありませんが、個体の私の滅亡が惜しいからでは無く、私の死に由って起る子供の不幸を豫想することの為めに、出来る限り生きて居たいと云う欲望の前で死を拒んで居るのです。絶対の世界に於て死は少しも怖るべき理由がありません。生の欲望と相対して初めて死が怖しくなります。

死を怖れるのも「如何に生くべきか」を目的として居るからです。生の欲望を放棄するならば其処には絶対の安静な世界が現われて来るでしょう。絶対の死は恐れるに足らない。唯だ相対の死を恐れるのです。

　私は今、この生命の不安な流行病の時節に、何よりも人事を尽して天命を待とうと思います。「人事を尽す」ことが人生の目的でなければなりません。例えば、流行感冒に対すらあらゆる予防と抵抗とを尽さないで、むざむざと病毒に感染して死の手に攫取されるような事は、魯鈍とも、怠惰とも、卑怯とも、云いようのない遺憾な事だと思います。予防と治療とに人為の可能を用いないで流行感冒に暗殺的の死を強制されてはなりません。

　今は死が私達を包囲して居ます。東京と横浜とだけでも日毎に四百人の死者を出して居ます。明日は私達がその不幸な番に当るかも知れませんが、私達は飽迄も「生」の旗を押立てながら、この不自然な死に対して自己を衛ることに聡明でありたいと思います。世間には予防注射をしないと云う人達を多数に見受けますが、私はその人達の生命の粗略な待遇に戦慄します。自己の生命を軽んじるほど野蛮な生活はありません。

　私は家族と共に幾回も予防注射を実行し、其外常に含嗽薬を用い、また子供達の或者には学校を休ませるなど、私達の境遇で出来るだけの方法を試みて居ます。こうした上で病気に罹って死ぬならば、幾分其れまでの運命と諦めることが出来るでしょう。幸いに私の宅では、まだ今日まで一人の患者も出して居ませんが、明日にも私自身を初め誰れがどうなるかも解りません。死に対する人間の弱さが今更の如くに思われます。人間の威張り得るのは「生」の世界に於てだけの事です。

私は近年の産褥に於て死を怖れた時も、今日の流行感冒に就ても、自分一個のためと云うよりは、子供達の扶養のために余計に生の欲望が深まって居ることを実感して、人間は親となると否とで生の愛執の密度または色合に相異のある事を思わずに居られません。人間の愛が自己と云う個体の愛に止まって居る間は、単純で且つ幾分か無責任を免れませんが、子孫の愛より引いて全人類の愛に及ぶので、愛が複雑になると共に社会連帯の責任を生じて来るのだと思います。

感冒の流行期が早く過ぎて、各人が昨今のような肉体の不安無しに思想し労働し得ることを祈ります。

（一九二〇年一月二十三日）

風邪一束

岸田國士

　年久しくその名を聞き、常に身辺にそれらしいものの影を見ながら、未だ嘗てその正体をしかと捉えることの出来ないものに、風邪がある。

　風邪は云うまでもなく一種の病である。多くは咽喉が荒れ、咳が出、鼻がつまり、頭が痛み、時には熱が上り、食慾進まず、医師の手を煩わす場合が屡々ある。

　凡そ今日では、病気の数がどれくらい殖えたろうか。病名がきまって、病原のわからぬものも随分あると聞いているが、病原がわかっても、予防ができず、予防はできても治療できない病気の名などは、あまり耳にしたくないものである。

　さて、風邪のことになるのだが、私は、医学上、此の病気がどう取扱われているか知らないし、何々加多児《かたる》というのは風邪の一種だなど聞くと、もう興味索然とするので、風邪は飽くまでも風邪又は感冒なる俗名で呼ぶことにする。

——なんだ風邪か。

——風邪、風邪って、油断はならない。

実際、風邪くらいで大騒ぎをする必要はないというしりから、風邪がもとで死んだという話をして聞かせる奴がある。

尤もかの流行性感冒という曲者は、近時、「スペインかぜ」なる怪しくも美しい名を翳して文明国の都市を襲い、あっと云う間に、幾多の母や、夫や、愛人や、子供や、女中の命を奪って行った。同じ死神でも虎列剌《これら》や、黒死病《ペスト》と違い、インフルエンザといえば、なんとなく、その手は、細く白く、薄紗を透して幽かな宝石の光りをさえ感ぜしめるではないか。

私も先年「恐ろしい風邪」を引いて、危く一命を墜とそうとした。

ふらっと旅に出た、その旅先のことで、海岸の夕風に小半時間肌をさらしたのが原因だった。それが、たまたま、さして懇意なというでもないA氏の家で、三日間発熱四十度を下らないという始末なのである。そのまま、H博士の病院へ運ばれて、肺炎ときまり……その後は話すにも及ばないが、此の時の風邪で思い出すのは、そのA氏——画家にして詩人なるA氏の素人医学である。彼は自ら原始人を以て任じているが、実は、近代的感受性と一種の唯物観とが極度にその生活を支配する趣味的ボヘミヤンの典型である。自ら帆走船を作り、フレムを工夫し、浴室を建て、マムシ酒を醸造し、家族の病気を診断し、手製の体温器を挟ませ、同じく手製のハカリを以て投薬し平然として快復を信じている。種痘はペン先の古きを砥いで之を行い、注射の針は八回に及ぶも之を替えず、下痢止めには懐炉灰を飲ませ、細君のお産は三日目に床上げをさせるのである。此のA氏は私が病院にはいっても、度々見舞に来てくれ、H博士に様々な医学上の建言をしていたようである。

私は嘗て「奇妙な風邪」を引いたことがある。それは、台湾から香港に渡る船の中である。当時の打狗《たかお》から香港まで、日本貨十円というのが三等の賃金で、その代り、苦力《くりい》と同房の船底である。あんまりひどいと思ったが、我慢をすることにして、莚の上に寝ころんでいると、その晩、忽ち悪寒を覚え咽喉がかわき体温を計ると四十一度ある。

船が厦門《あもい》に着く頃、とうとう一等に代る決心をした。ボーイの肩につかまって、フラフラと甲板を歩いて行く寝巻姿の私を、支那の苦力たちは笑いながら見ていた。

其処は一等船室である。莚の代りに、純白のベットがあり、花瓶には花があり、水差には水があり、もうそれだけで、私は気持が爽かになるのを覚え、頭は急に軽くなり、熱は三十六度代に下っていた。

香港に着く前には、甲板を大股に歩きながら、船底の熱病を忘れていた。

処で、面白いことには、初めから一等を買えば全部で三十円なのを、厦門から一等に代ったため、支那銀で二十両支払わなければならず、当時の為替相場で、日本貨四十円である。こういう種類の損害は何時までも記憶を去らないものと見える。

夜遅く巴里《ぱりー》の裏通を歩いていると、一種独特な臭気が、何処からともなく鼻をついて来る。それが多くは、冬または冬に近い季節の夜である。

私は、いまだに、その臭気が何物の臭であるか、わからずにいるのだが、それは多分煙草のヤニと、牛の血と、バタの腐ったのと、洗濯物と、それらの混合した臭ではないかと思っている。一口に云えば、それが巴里のかの有名な下水の臭かもわからない。

その臭も、日本に帰ってから可なり長く臭がないので、自然忘れてしまったところ、近頃、ふとその臭を思い出したのである。思い出したというよりも、その臭と同じ臭が、私の鼻をかすめたのだ。なんの臭だろう。そう思って、あたりを見まわして見るが、その臭は、何処から臭って来るのでもなく、実は自分の鼻の孔に籠っているらしいのである。

私は、鼻をくんくん云わせて、この不思議な「臭の幻覚」を追い払おうとしたが、全く無駄であった。

それはたしかに、あの栗焼きの店が出る頃の、人通の絶えたリュウ・デュトオの臭である。更にまた、外套の襟に頤を埋めた無帽の少女が、最後の廻れ右をするオヂオン座横の露路の臭である。

こういう不思議な現象が、最近五、六度もあったろうか。いろいろ研究の結果、それは私が多少とも風邪を引いている時に限るという奇妙な事実を発見したのである。

私は、今また風邪を引いている。そして、幾冬かの間嗅ぎ慣れたかの巴里の夜の臭を、今、懐かしく嗅ぎ直している。

そうだ。今でこそ懐かしいなどと云っているが、その臭は、私の過去を通じて、最も暗く、最も冷たい放浪時代を包む呪うべき臭だったのである。

風邪と巴里とが結びついた序に、巴里で風邪を引いた時のことを考え出して見る。

いよいよ伊太利《いたりー》へ発つという間際に、発熱三十九度何分という騒ぎで、同行のH少佐を少からず心配させた。

それでも、病を押して、陸地測量部で開かれる聯合国国境劃定委員準備会議に出席したにはしたが、タクシイの中で眩暈がしてしょうがない。

宿に帰り、寝台に横わっていると、H少佐はY博士を伴って見舞に来てくれた。

発てるか発てないかという問題である。

ヴェロナで、各国の委員が落ち合う日取は、今日、決まったばかりである。其処では重大な会議が開かれる筈である。

私は、どんなことがあっても、行くと云い張った。

幸いに、リヨン停車場を発つ朝は、熱が下がっていた、しかし、からだは極度に衰弱している。小さな手提鞄が死体のように重かった。

ヴェロナの宿は古い大理石の建物である。日が暮て、窓に倚ると、誂えたようにギタアの音が聞こえて来る。恐ろしく咽喉が渇く。脚が顫える。瞼が重い。ふと、ロメオとジュリエットの墓が此の町にあることを思い出す。さっき通りがけに見たアレナの廃墟が不気味な姿で眼の前に浮かんで来る。

――いけない。やっぱりおれは熱がある。

こうして、私は、その翌日、自動車でガルダ湖の周囲をドライヴし、翌日は三時間に亘る委員会に列席し、その夜はタイピスト嬢に十枚の意見書を筆記させ、三日目には、チロル、アルプスの麓、メラノの小邑に向って長途の自動車旅行をやってのけた。

真夏の空に輝く千年の氷河を眺めて、私の風邪は何処へやらふっ飛んでしまった。

今年の二月、私は満二年の療養生活を卒《お》えようとする最後の時期に、M博士の所謂試験的感冒に罹った、これを無事に切り抜ければ胸の方は全快という折紙がつくわけである。例の海岸の発病以来、絶対に「風邪を引くこと」を禁じられていた窮屈な生活から、いよいよ解放される時が来たのだ。

「もう、いくら風邪を引いてもいい」――なんと愉快な宣告ではないか。

ある西洋人が、日本に来て、「日本人は何時でも、みんな風邪を引いている」と云ったそうである。

なるほど、そう云えば、そうかも知れない。第一、日本人の声は大体に於て、西洋人が風邪を引いた時の声に似ている。

第二に、日本人くらい痰を吐く人種は少い。

第三に、劇場や音楽会や、いろいろの式場などで、日本ぐらい咳の聞こえるところはない。いよいよ始まるという前に、先ず咳払いをして置く。一段落つくと、ああやっと済んだという咳払いをする。芝居なら、幕の開いている間でも、一寸役者の白《せりふ》が途切れると、あっちでもこっちでも咳をする。

私の知っているある婦人は、なんでも静かにしていようと思うと自然に咳が出るそうである。つまり、呼吸《いき》をこらすと咽喉がむづむづするんだろう。これなどは、生れながら風邪を引いている証拠である。

今年は私もせいぜい風邪を引こう。

俸給

内田百閒

大学を出てから一年余りして、陸軍士官学校の教官になった時の、初めは囑託で、月手当金四十円、それから間もなく本官になって、しかし俸給は等級外の年俸五百円だから、月給にすると、一円六十六銭昇給した。それから直きに、矢張り等級外の六百円になり、次に忽ちにして高等官の最下級俸を支給せられた。当時は七百五十円だった様に思う。その出世の早き事、豊太閤の出端も之に及ぶまいと考えた。

月手当四十円の時、運悪く西班牙風がはやって、私の家でも、祖母、母、細君、子供、私みんな肺炎のようになって、寝てしまったから、止むなく看護婦を雇ったところが、その日当が一円五十銭で、一月近くいた為に、私の月給をみんな持って行っても、まだ足りなかった。

お金を借りに行ったところが、こう云うお小言を食った。身分不相応と云う事は、贅沢の方面ばかりではない。看護婦を雇う力のない者が無理をして、後で借金するのは怪しからぬ。だれかが熱のあるのを我慢して起きればいい。みんなの世話をして、その為に死ぬとか、或は行き届かなかった為に子供が死んでも、それは貧乏の為だから止むを得ないのである。

その時は、私はこの説に服しなかった。しかし後になって、成る程と思い当たり、全くそうより外に仕方のないものだと云う事が解って来た。尤も小言を云ってくれた人の方は、後になって私のよりも小さい子供が出来たために、又その間に不幸があったりして、却て私に云って聞かせた小言のような気持ではなくなっているらしくもある。

月手当四十円で、大勢の家族だから、病気をしない時でも、お金は足りなかった。小遣いもなく、電車賃もないけれど、歩いて出勤すると、時間の八釜しい陸軍の学校に、教官たるものが遅刻するので、近所の宿俥に乗って出かける。俥屋は月払いですむからである。大変贅沢に思われて、田舎から持って来た財産がある癖に、高等官になりたくて、陸軍教授を拝命したと同僚から思われ、友人達も邪推した。

朝の時間に、ぎりぎりに間に合う様に俥で馳けつけると、校門に近いところを、私共の科の主任が、脊の低い小さな身体を躍らせながら、あわてて急いでいる。俥で追い越すのも工合がわるく、第一、主任がまだそこを歩いているのに、何も私があわてて、馳け込むにも当たらないから、それで主任の後姿の数歩手前で下車し、歩いて追いついた様な顔をして、後から挨拶した。二三度やっている内に、主任が自分の後の気配を察して、同時に誤解した。

「いや、職務上の事は別としまして、何も私が歩いているからって、わざわざ下車さるるに及びませんよ。しかし、毎日お俥で大変ですね。まあ、あなたなんか、そんな事は構わないんだけれど」と云った。

III

断腸亭日乗

断腸亭日乗（抄）

永井荷風

【註】スペイン風邪流行中の三年間（大正七年から大正九年）から世相と病状に関する記述を摘記した。ことにスペイン風邪から回復した後も、後遺症らしき症状に悩まされているのが伺える。

断腸亭日記巻之二大正七戊午年

荷風歳四十

正月元日。例によって為す事もなし。午の頃家の内暖くなるを待ちそこら取片づけ塵を払う。

正月二日。暁方雨ふりしと覚しく、起出でて戸を開くに、庭の樹木には氷柱の下りしさま、水晶の珠をつらねたるが如し。午に至って空晴る。蠟梅の花を裁り、雑司谷に往き、先考の墓前に供う。音羽の街路泥濘最甚し。夜九穂子来訪。断腸亭屠蘇の用意なければ倶に牛門の旗亭に往きて春酒を酌む。されど先考の忌日なればさすがに賤妓と戯るる心も出でず、早く家に帰る。

正月七日。 山鳩飛来りて庭を歩む。毎年厳冬の頃に至るや山鳩必只一羽わが家の庭に来るなり。いつの頃より来り始めしにや。仏蘭西より帰来りし年の冬われは始めてわが母上の、今日はかの山鳩一羽庭に来りたればやがて雪になるべしかの山鳩来る日には毎年必雪降り出すなりと語らるるを聞きしことあり。されば十年に近き月日を経たり。毎年来りてとまるべき樹も大方定まりたり。三年前入江子爵に売渡せし門内の地所いと広かりし頃には椋の大木にとまりて人無き折を窺い地上に下り来りて餌をあさりぬ。其後は今の入江家との地境になりし檜の植込深き間にひそみ庭に下り来りて散り敷く落葉を踏み歩むなり。此の鳩そもそもいずこより飛来れるや。果して十年前の鳩なるや。或は其形のみ同じくして異れるものなるや知るよしもなし。されどわれは此の鳥の来るを見れば、殊更にさびしき今の身の上、訳もなく唯なつかしき心地して、或時は障子細目に引あけ飽かず打眺ることもあり。或時は暮方の寒き庭に下り立ちて米粒麺麭の屑など投げ与うることあれど決して人に馴れず、わが姿を見るや忽羽音鋭く飛去るなり。世の常の鳩には似ず其性偏屈にて群に離れ孤立することを好むものと覚し。何ぞ我が生涯に似たるの甚しきや。

正月十日。歯いたみて堪えがたし。

正月十二日。寒気甚しけれど毎日空よく晴れ渡りたり。断腸亭の小窓に映る樹影墨絵の如し。徒然のあまりつらつらこの影を眺めやるに、去年十一月の頃には昼前十一時頃より映り始め正午を過るや影は斜になりて障子の面より消え去りぬ。十二月に入りてよりは正午の頃影最鮮にて窓の障子一面さながら宗達が筆を見るが如し。年改りて早くも半月近くなりたる此頃窓の樹影は昼過二時より三時頃最も鮮にして、四時を過ぎても猶消去らず。短き冬の日も大寒に入りてより漸く長くなりたるを知る。障子を開き見れば瑞香の蕾大きくふくらみたり。

二月廿八日。昨夜深更より寒雨凍りて雪となる。終日歇まず。八ツ手松樹の枝雪に折れもやせんと庭に出で雪を払うこと再三なり。

三月朔。雪歇み空晴る。築地に行く。市街雪解け泥濘甚し。夜膩脂を煮て原稿用罫紙を摺ること四五帖なり。

三月二日。風あり。春寒料峭たり。終日炉辺に来青閣集を読む。夜少婢お房を伴い物買いにと四谷に往く。市ヶ谷谷町より津ノ守阪のあたり、貧しき町々も節句の菱餅菓子など灯をともして売る家多ければ日頃に似ず明く賑かに見えたり。貧しき裏町薄暗き横町に古雛または染色怪しげなる節句の菓子、春寒き夜に曝し出されたるさま何とも知れず哀れふかし。三越楼上又は十軒店の雛市より風情は却て増りたり。

三月十一日。風寒し。風邪の心地にて早く寝に就く。

三月十二日。臥病。園丁萩を植替う。

三月十七日。雨晴れ庭上草色新なり。病未痊えず。終日縄床に在り。

三月十九日。いまだ起出る気力なし。終日横臥読書す。此日天気晴朗。園梅満開。鳥語欣々たり。

三月二十日。北風烈しく寒又加わる。新福亭主人病を問い来る。

三月廿三日。病既によし。唖々子米刃堂解雇となりし由聞知り、慰めんとて牛門の酒亭に招いで倶に飲む。

三月廿八日。風邪全癒。園中を逍遥す。春草茸茸。水仙瑞香連翹尽く花ひらく。春蘭の花香しく桃花灼然たり。芍薬の芽地を抜くこと二三寸なり。

五月四日。築地けいこの道すがら麴町通にて台湾生蕃人の一行を見る。巡査らしき帯剣の役人七八名之を引率し我こそ文明人なれと高慢なる顔したり。生蕃人の容貌日本の巡査に比すればいずれも温和にて陰険ならず。今の世には人喰うものより遥に恐るべき人種あるを知らずや。晡下大石国手久振にて診察に来る。実は米刃堂より依頼の用談を兼てなり。昨日にもまさりて風烈しく黄昏に至り黒雲天を覆い驟雨屢来る。蒸暑きこと甚し。夜窓を開きて風を迎うるに後庭頻に蛙の鳴くを聞く。河骨を植えたる水瓶の中にて鳴くものの如し。

五月五日。母上粽を携えて病を問わる。昼過四時頃驟雨雷鳴。夜に及んで益甚し。電灯明滅二三回に及ぶ。初更花月第一号新橋堂より到着す。

五月十三日。八ツ手の若芽舒ぶ。秋海棠の芽出ず。四月末種まきたる草花皆芽を発す。無花果の実鳩の卵ほどの大さになれり。枇杷も亦熟す。菖蒲花開かんとし、錦木花をつく。松の花風に従って飛ぶこと烟の如し。貝母枯れ、芍薬の蕾漸く綻びんとす。虎耳草猶花なし。

六月十七日。この頃腹具合思わしからず。築地に行きしが元気なく三味線稽古面白からず。

七月十九日。蒸雲天を蔽い暑気甚し。半輪の月空しく樹頭に在り。昨日より気分すぐれず、深更に及び腹痛甚しく、大に苦しむ。

七月卅一日。昨日より灸点治療を試む。腹痛に効能ある由聞伝えたればなり。今日も灸師を招ぎ治療をなせしにそのため却て頭痛を催し、机に向うこと能わず。横臥終日。迷楼記を読む。

八月十三日。春陽堂荷風全集第二巻に当てんがため、あめりか物語ふらんす物語二書の校訂を催促すること頻なり。此日たまたまこれ等の旧著を把って閲読加朱せんとするに、当年の遊跡歴歴として眼前に浮び感慨禁ずべからず。筆を擱いて嘆息す。余にして若し病なからんか一日半刻も家に留ること能わざりしなるべし。日本現代の世情は実に嫌悪すべきものなり。

八月十四日。啞々子花月第五号編輯に来る。用事を終りて後晩涼を追い、漫歩神楽阪に至る。銀座辺米商打こわし騒動起りし由。妓家酒亭灯を消し戸を閉したり。

八月十五日。残暑甚し。晩間驟雨来らんとして来らず。夜に至り月明かに風涼し。市中打壊しの暴動いよいよ盛なりと云う。但し日中は静穏平常の如く、夜に入りてより蜂起するなり。政府は此日より暴動に関する新聞の記事を禁止したりと云う。

八月十六日。胃に軽痛を覚ゆ。あめりか物語を校訂す。晩間啞々子来りて市中昨夜の状況を語る。此日夜に至るも風なく炎蒸忍ぶ可からず。啞々子と時事を談じ世間を痛罵し、夜分に至る。涼味少しく樹陰に生じ虫声漸く多し。

九月十六日。朝夕の寒さ身に沁むばかりなり。されど去年に比すれば健康なり。何のかのという中また一年生きのびたれどさして嬉しくもなし。

十月五日。半陰半晴。午前梅吉方にて稽古をなし、午後常磐木倶楽部諏訪商店浮世絵陳列会に赴き、啞々子の来るを待ち東仲通を歩み、古着問屋丸八にて帯地を購う。浅利河岸を歩み築地に出で桜木に至りて飲む。啞々子暴飲泥酔例によって例の如し。この夜寿美子を招ぎしが来らず、興味忽索然たり。寿美子さして絶世の美人というほどにはあらず、されど眉濃く黒目勝の眼ぱっちりとしたるさま、何となくイスパニヤの女を思出さしむる顔立なり。予この頃何事につけても再び日本を去りたき思い禁ずべからず。同じく病みて路傍に死するならば、南欧の都市をさまよい地中海のほとりの土になりたし。晩餐を食し啞々子と土橋際にて別れ電車に乗る。曽て新橋巴家へ出入せし呉服屋井筒屋の番頭に逢う。予が現在身につけたる袷もたしか此の番頭の持来りし品なり。往事茫々都て夢の如し。呵々。

十一月十一日。昨夜日本橋倶楽部、会場吹はらしにて、暖炉の設備なく寒かりし為、忽風邪ひきしにや、筋骨軽痛を覚ゆ。体温は平熱なれど目下流行感冒猖獗の折から、用心にしくはなしと夜具敷延べて臥す。夕刻建物会社社員永井喜平来り断腸亭宅地買手つきたる由を告ぐ。

十一月十三日。永井喜平来談。十二月中旬までに居宅を引払い買主に明渡す事となす。此日猶病床に在り諸芸新聞を通覧す。夜大雨。

十一月十四日。風邪未痊えず。

十一月十六日。欧洲戦争休戦の祝日なり。門前何とはなく人の往来繁し。猶病床に在り。書を松莚子に寄す。月明前夜の如し。

十一月廿一日。午前薗八節けいこに行く。この日欧洲戦争平定の祝日なりとて、市中甚雑遝せり。日比谷公園外にて浅葱色の仕事着きたる職工幾組とも知れず、隊をなし練り行くを見る。労働問題既に切迫し来れるの感甚切なり。過去を顧るに、明治三十年頃東京奠都祭当日の賑の如き、又近年韓国合併祝賀祭の如き、未深く吾国下層社会の生活の変化せし事を推量せしめざりしが、此日日比谷丸の内辺雑遝の光景は、以前の時代と異り、人をして一種痛切なる感慨を催さしむ。夜竹田書店主人来談。

十一月廿八日。竹田屋主人来る。倶に蔵書を取片付くる中突然悪寒をおぼえ、驚いて蓐中に臥す。

十一月廿九日。老婆しん転宅の様子に打驚き、新橋巴家へ電話をかけたる由、昼前八重次来り、いつに似ずゆっくりして日の暮るるころ帰る。終日病床に在り。

十一月三十日。八重次今日も転宅の仕末に来る。余風労未癒えず服薬横臥すれど、心いら立ちて堪えがたければ、強いて書を読む。

十二月朔。体温平生に復したれど用心して起き出でず。八重次来りて前日の如く荷づくりをなす。春陽堂店員来り、全集第二巻の原稿を携え去る。

十二月二日。小雨降出して菊花はしおれ、楓は大方散り尽したり。病床を出で座右の文房具几案を取片付く。此の度移転の事につきては啞々子兼てよりの約束もあり、来って助力すべき筈なるに、雑誌花月廃刊の後、残務を放棄して顧みざれば、余いささか責る所ありしに、忽之を根に持ち再三手紙にて来訪を請えども遂に来らず。竹田屋主人と巴家老妓の好意によりて纔に荷づくりをなし得たり。啞々子の無責任なること寧驚くべし。

十二月三日。風邪本復したれば早朝起出で、蔵書を荷車にて竹田屋方へ送る。午後主人手代を伴来り家具を整理す。此日竹田先日持去りたる書冊書画の代金を持参せり。金壱千弐百八拾円ほどなり。

十二月五日。寒気甚し。庭の霜柱午後に至るも尚解けず。此日売宅の計算をなすに大略左の如し。

一金弐万参千円也　地所家屋
一金壱千八百九拾弐円也　家具什器
一金壱千壱百六拾参円八拾弐銭也　来青閣唐本及書画
一金八拾七円卅五銭也　荷風書屋洋本
一金壱百弐拾壱円〇五銭也　古道具
総計金弐万六千弐百六拾四円弐拾弐銭也
支出金高
一金弐千五百円也　築地引越先家屋買入
一金四百六拾円也　建物会社手数料
総計金弐千九百六拾円也
差引残金
金弐万参千参百〇四円弐拾弐銭也

十二月六日。正午病を冒して三菱銀行に往き、梅吉宅に立寄り、桜木にて午餉をなし、夕刻家に帰る。

十二月七日。宮薗千春方にて鳥辺山のけいこをなし、新橋巴家に八重次を訪う。其後風邪の由聞知りたれば見舞に行きしなり。八重次とは去年の春頃より情交全く打絶え、その後は唯懇意にて心置きなき友達というありさまになれり。この方がお互にさっぱりとしていざござ起らず至極結構なり。日暮家に帰り孤灯の下に独粥啜らんとする時、俄に悪寒を覚え、早く寝に就く。

十二月八日。体温平熱なれど心地すぐれず、朝の中竹田屋来りて過日競売に出したる来青閣旧蔵の唐本中、落丁欠本のものあり、五拾円程総額の中より価引なされたしという。唐本には往々製本粗末にて落丁のもの有之由。竹田屋この日種彦の春本水揚帳、馬琴の玉装伝、其他数種を示す。夜浅野長祚の寒檠璅綴（芸苑叢書本）をよむ。

十二月九日。風邪全く痊えざれど、かくてあるべきにあらねば着換の衣服二三枚を、往年欧米漫遊中購いたる旅革包に収め、見返り見返り旧廬を出で、築地桜木に赴きぬ。両三日中に買宅の主人引越し来る由なるに、わが方にては築地二丁目の新宅いまだ明渡しの運びに至らず。いろいろ手ちがいのため一時身を置く処もなき始末となれり。此夜桜木にて櫓下の妓両三名を招ぎ、梅吉納会の下ざらいをなす。

十二月十四日。久振にて鎧橋病院に徃き、大石国手の診察を乞う。宿疾大によしという。帰途巴家に立寄り早く旅宿に帰り直に眠る。

十二月十九日。終日雨ふる。寒気を桜木に銷す。悪寒甚しく薬を服して、早く寝につく。

十二月二十日。病よからず。夜竹田屋の主人旅亭に来り、明後日旧宅の荷物を築地に移すべき手筈を定む。二更の頃櫓下の妓病を問い来る。

十二月廿一日。頭痛甚しけれど体温平生に復す。正午櫓下の妓八重福明治屋の西洋菓子を携え再び見舞に来る。いささか無聊を慰め得たり。夕方竹田屋主人旧宅荷づくりの帰途、旅宿に来る。晩餐を共にす。

十二月廿二日。築地二丁目路地裏の家漸く空きたる由。竹田屋人足を指揮して、家具書筐を運送す。曇りて寒き日なり。午後病を冒して築地の家に往き、家具を排置す、日暮れて後桜木にて晩飯を食し、妓八重福を伴い旅亭に帰る。此妓無毛美開、閨中欷歔すること頗妙。

十二月廿三日。雪花紛々たり。妓と共に旅亭の風呂に入るに湯の中に柚浮びたり。転宅の事にまぎれ、此日冬至の節なるをも忘れいたりしなり。午後旅亭を引払い、築地の家に至り几案書筐を排置して、日の暮るると共に床敷延べて伏す。雪はいつか雨となり、点滴の音さながら放蕩の身の末路を弔うものの如し。

十二月廿五日。終日老婆しんと共に家具を安排し、夕刻銀座を歩む。雪また降り来れり。路地裏の夜の雪亦風趣なきにあらず。三味線取出して低唱せんとするに皮破れいたれば、桜木へ貸りにやりしに、八重福満佐等恰その家に在りて誘うこと頻なり。寝衣に半纏引きかけ、路地づたいに徃きて一酌す。雪は深更に及んでますます降りしきる。二妓と共に桜木に一宿す。

断腸亭日記巻之三大正八年歳次己未

荷風年四十一

正月二日。曇りてさむし。午頃起出で表通の銭湯に入る。午後墓参に赴かんとせしが、悪寒を覚えし故再び臥す。夕刻灸師来る。夜半八重福春着裾模様のままにて来り宿す。余始めて此妓を見たりし時には、唯おとなしやかなる女とのみ、別に心づくところもなかりしが、此夜灯下につくづくその風姿を見るに、眼尻口元どこともなく当年の翁家富松に似たる処あり。撫肩にて弱々しく見ゆる処凄艶寧富松にまさりたり。早朝八重福帰りし後、枕上頻に旧事を追懐す。睡より覚むれば日既に高し。

正月十二日。くもりて蒸暑し。咳嗽甚し。午後病臥。グールモンの小説をよむ。夜草訣弁疑を写す。

正月十三日。大石君来診。夜竹田屋病を問い来る。風烈しく寒気甚し。

正月十五日。風邪未痊えず。

三月三日。朝鮮国王崩御の由。三味線鳴物御停止なり。但し市中芝居は休まずと云う噂もあり。

三月九日。明治座初日なれど徴恙あり、往かず。

三月十日。くもりて風さむし。朝鮮人盛に独立運動をなし、民族自治の主旨を実行せんとすと云う。

三月十一日。病よからず。妓八郎来りて看護す。この妓亭主持なるにも係らず、近鄰の芸者家の悴ともわけありとの噂あり。折々余が陋屋に来りて泊ることもあるなり。梅吉はじめ皆々後難あらん事を慮り噂とりどりなりという。容貌は美しからず、小づくりの撫肩にて、何となく草双紙などに見る淫婦らしき心地する女なり。

四月六日。日は高くして猶起出るに懶し。朝の中褥中に在りて読書す。感興年と共に衰え、創作の意気今は全く消磨したり。読書の興も亦従って倦みがちなり。新聞紙の記事によりて世間の事を推察するに、天下の人心日に日に兇悪となり富貴を羨み革命の乱を好むものの如し。余此際に当りて一身多病、何等のなす所もなく、唯先人の遺産を浪費し暖衣飽食空しく歳月を送るのみ。胸中時として甚安ぜざるところあり。然れどもここに幕末乱世の際、江戸の浮世絵師戯作者輩のなせし所を見るに、彼等は兵馬倥偬の際といえども平然として泰平の世に在るが如く、或は滑稽諷刺の戯作を試みる者あり。或は淫猥の図画を制作する者あり。其の態度今日より之を見れば頗驚歎に値すべきものあり。狂斎の諷刺画、芳幾の春画、魯文の著作、黙阿弥の狂言の如き能く之を証して余りあり。余は何が故に徒に憂悶するや。須く江戸戯作者の顰に傚う可きなり。

五月十二日。野間五造翁に招かれ帝国劇場に往き、梅蘭芳の酔楊妃を聴く。華国の戯曲は余の久しく聴かんと欲せしものなり。今夕たまたま之をきくに、我邦現時の演劇に比すれば遥に芸術的品致を備え、気局雄大なることまさに大陸的なりというべし。余は大に感動したり。感動とは何をか謂うや。余は日本現代の文化に対して常に激烈なる嫌悪を感ずるの余り、今更の如く支那及び西欧の文物に対して景仰の情禁じかたきを知ることとなり。是今日新に感じたることにはあらず。外国の優れたる芸術に対すれば必この感慨なきを得ざるなり。然れども日本現代の帝都に居住し、無事に晩年を送り得る所以のものは、唯不真面目なる江戸時代の芸術あるが為のみ。川柳狂歌春画三味線の如きは寔に他の民族に見るべからざる一種不可思議の芸術ならずや。無事平穏に日本に居住せんと欲すれば、是非にも此等の芸術に一縷の慰籍を求めざる可からず。

五月廿四日。 風邪ひきしにや頭痛みて心地すぐれず。夕暮窓に倚りて路地を見下すに、向側なる待合妾宅などの新樹に雀の声さわがしく、家毎に掛けたる窓の簾も猶塵によごれず、初夏の光景いぶせき路地裏にてもおのずから清新の趣あり。病身この景物に対すれば却て一層の悲愁を催す。灯下勉強して旧稾を校訂す。盖全集の第五巻を編纂せんがためなり。

五月廿五日。 新聞紙連日支那人排日運動の事を報ず。要するに吾政府薩長人武断政治の致す所なり。国家主義の弊害却て国威を失墜せしめ遂に邦家を危くするに至らずんば幸なり。

七月朔。独逸降伏平和条約調印紀念の祭日なりとやら。工場銀行皆業を休みたり。路地裏も家毎に国旗を出したり。日比谷辺にて頻に花火を打揚る響聞ゆ。路地の人々皆家を空しくして遊びに出掛けしものと覚しく、四鄰昼の中よりいつに似ず静にて、涼風の簾を動す音のみ耳立ちて聞ゆ。終日糊を煮て押入の壁を貼りつつ祭の夜とでも題すべき小品文の腹案をなす。明治廿三年頃憲法発布祭日の追憶より、近くは韓国合併の祝日、また御大典の夜の賑など思出るがままに之を書きつづらば、余なる一個の逸民と時代一般との対照もおのずから隠約の間に現し来ることを得べし。

八月十五日。風冷なり。心地すぐれず。午後春陽堂の人来りて全集第二巻再版の検印を請う。

八月十六日。腹痛あり。給羽織着たきほどの寒さなり。病軀不順の天気に会うや、意気忽銷沈し憂愁限りなし。

八月十七日。寒冷前日にまさる。烟雨終日空濛たり。唐人説薈を読む。

八月十九日。風邪、腹痛去らず。

八月廿一日。大石国手を訪い調薬を請う。

八月廿六日。暑気再来。全集第三巻校正。風邪未癒えず。

八月廿九日。熱あり。

九月朔。露国革命前帝室歌劇部の伶人、この日より十五日間帝国劇場にてオペラを演奏する由聞きいたれば、久米君にたのみて切符を購い置きたり。この夜の演奏は伊太利亜歌劇アイダなり。余は日本の劇場にて、且はかかる炎暑の夕、オペラを聴き得べしとは曽て予想せざりし所なり。欧洲の大乱は実に意外の上にも意外の結果を齎し来れるものと謂う可し。余は此夜の混乱せる感想をここに記すこと能わず。

九月二日。此夕はトラヰヤタの演奏あり。炎暑九月に入りて却て熾なり。劇場内は恰温室に在るが如し。往年紐育又里昴の劇場にて屢この曲を聴きたる時、深夜雪を踏んで下宿に帰りし事を追想すれば、何とはなく別種の曲を聴く思いあり。

九月六日。終日困臥す。

九月七日。電話にて大石国手の来診を請いしが、遂に来らず。

九月十日。風邪癒えず。

九月十一日。大石国手来診。終日雨ふる。

九月十二日。雨歇まず。残暑去って秋冷忽病骨を侵す。この夜蚊帳を除く。

九月十三日。秋雨瀟々。四鄰寂寞。病臥によし。

九月十四日。雨晴れて残暑復来る。病苦甚し。

九月十五日。帝国劇場に徃き再びボリスゴトノフを聴く。

九月十六日。風雨甚し。陋屋震動して眠り難し。路地裏の佗住居にも飽き果てたり。外遊の思禁ずべからず。

九月二十日。微恙あり、心欝々として楽しまず。たまたま旧妓八重次近鄰の旗亭に招がれたりとて、わが陋屋の格子先を過ぐるに遇う。

九月二十一日。俄国亡命の歌劇団、この日午後トスカを演奏す。余帰朝以来十年、一度も西洋音楽を聴く機会なかりしが、今回図らずオペラを聴き得てより、再び三味線を手にする興も全く消失せたり。此日晩間有楽座に清元会あるを知りしが徃かず。

九月廿二日。後の彼岸といえばわけもなく裏淋しき心地せらる。此日空好く晴れ残暑猶盛なり。裏屋根の物干よりさし込む日の光、眩しきこと夏の如し。曽て大久保の村居に在りし時、今日のようなる残暑の昼過ぎ、鳳仙花、葉雞頭の種を縁側に曝したりし事ども、何となく思い返されて悲しさ限りなし。折から窓の外に町の子の打騒ぐ声、何事かと立出でて見るに、迷犬の自働車にひかれたるを、子供等群れあつまりて撲ちさいなむなり。余は町の悪太郎と巡査の髭面とを見る時、一日も早く家を棄てて外国に徃きたしと思うなり。

九月廿三日。芝白金三光町日限地蔵尊の境内に、頃合いの売家ありと人の来りて告げければ、午後に赴き見たり。庭の後は生垣一重にて墓地につづきたるさま、静にて趣なきにあらねど、門前貧民窟に接せし故其儘になしたり。現在の寓居はもとより一時の仮越しなれば、此の頃はほとほと四鄰の湫隘なるに堪えやらぬ心地す。軍馬の徃来大久保の如くに烈しからずして、而も樹木多き山の手に居を卜したきものなり。帰途芝公園瓢簞池の茶亭に憩う。秋の日早くも傾き、やがて黄昏の微光樹間にただようさま言わん方なし。曽て大久保の家に在りし頃には、市中の公園は徒に嫌悪の情を催さしむるのみなりしが、今はいささかなる樹木も之を望めば忽清涼の思をなさしむ。悔恨禁じ難しといえど又つらつら思返えせば、孤独の身の果如何ともすべからず。我が放恣の生涯も四十歳に及びて全く行詰りしが如し。携え来りしレニヱーが詩集「時間《ミロアル》の《ド》鏡《タン》」を読みつつ茶を喫す。公園を出れば既に夜なり。銀座風月堂にて独酌晩餐を食し、三田文学会に赴く。与謝野寛氏と久振りにて巴里漫遊のむかしを談ず。

九月廿四日。俄国歌劇一座最終の演奏あり。パリアッチ及カワレリヤルスチカナの二曲なり。劇場を出で、久米松山の二氏と平岡君が采女町の画室を訪う。倶に精養軒にて晩餐をなす。食堂には仏国の軍服つけたる男、露西亜人とも見ゆる女四五人、各自の卓に坐するを見る。余は彼等の談話するさまを見るにつけて遊意殆ど禁ずべからず。翻って今日衰病の身、果して昔年の如く放浪の生活をなし得べきや否や。之を思へば泫然として涙なきを得ざるなり。

九月廿九日。東京建物会社社員某来り、小石川金富町に七十坪程の売地ありと告ぐ。秋の日早くも傾きかけしが、社員に導かれて赴き見たり。金富町は余が生れし処なれば、若し都合よくば買い受け、一廬を結び、終焉の地になしたき心あり。金剛寺阪を上り、余が呱呱の声を揚けたる赤子橋の角を曲り行けば、売地は田尻博士の屋敷と裏合せになりし処にて、鄰家は思案外史石橋先生の居邸なり。傾きたる門を入るに、家の雨戸は破れ、壁落ち、畳は朽ちたり。庭には雑草生茂りて歩む可からず。片隅に一株の柿の木あり。其の実の少しく色づきしさま人の来るを待つが如く、靴ぬぎ石のほとりに野菊と秋海棠の一二輪咲き残りたる風情更に哀れなり。門を出で近巷の模様を問わんと石橋先生を訪う。玄関先にて立話をなし辞して帰りぬ。余は先生の俄に老いたまいし姿を見て、また多少の感なきを得ざりき。此の日目にするもの平生に異り、一ツとして人の心を動かさざるは無し。晩秋薄暮の天、幽暗なること夢のようなりし故なるべし。

十一月廿三日。銀座義昌堂にて支那水仙を購い、午後母上を訪う。庭前の楓葉錦の如し。母上居室の床の間に剝製になせし白き猫を見る。是母上の年久しく飼いたまいし駒とよぶ牡猫なること、耳のほとりの黒き斑にて、問わねど明かなり。八年前妓八重次わが書斎に出入りせし頃、津ノ守阪髪結の家より児猫を貰来りしを、母上駒と名づけて愛で育てられけり。爾来家に鼠なく、駒はよく其務を尽して恩に報いたりしに、妓は去って還らず、徒に人をして人情の軽薄畜生よりも甚しき事を知らしめたるのみ。此夜母上駒の老衰して死なんとする時のさまを委しく語りたまいぬ。ピエールロチが「死と悲しみの巻《リーブルドラピチエー》」に老猫の死するさまを写せし一篇も思合されて、悲しみ更に深し。

十二月卅一日。晴天。午後市中大晦日の景況を見んとて漫歩神田仏蘭西書院に赴き、フロオベル全集中尺牘漫筆の類数巻を購う。風月堂にて晩餐をなし銀座通の雑沓を過ぎて家に帰る。枕上コレット・ウヰリイの小説レトレート、サンチマンタルを繙読して覚えず暁に至る。突然格子戸を引明けんとするものあり。起出でて見るに郵便脚夫の年賀状一束を投入れて去れるなり。表通には下駄の音猶歇まず。酔漢の歌いつつ行く声も聞ゆ。

断腸亭日記巻之四大正九年歳次庚申

荷風年四十有二

正月元旦。間適の余生暦日なきこと山中に在るが如し。午後鷲津牧師来訪。この日風なく近年稀なる好き正月なり。されど年賀に行くべき処なければ、自炊の夕餉を終りて直に寝に就く。

正月三日。快晴。市中電車雑遝甚しく容易に乗るべからず。歩みて芝愛宕下西洋家具店に至る。

麻布の家工事竣成の暁は西洋風に生活したき計画なればなり。日本風の夜具蒲団は朝夕出し入れの際手数多く、煩累に堪えず。

正月十二日。曇天。午後野圃子来訪。夕餉の後忽然悪寒を覚え寝につく。目下流行の感冒に染みしなるべし。

正月十三日。体温四十度に昇る。

正月十四日。お房の姉おさくといえるもの、元櫓下の妓にて、今は四谷警察署長何某の世話になり、四谷にて妓家を営める由。泊りがけにて来り余の病を看護す。

正月十五日。大石君診察に来ること朝夕二回に及ぶ。

正月十六日。熱去らず。昏々として眠を貪る。

正月十七日。大石君来診。

正月十八日。渇を覚ること甚し。頻に黄橙を食う。

正月十九日。病床万一の事を慮りて遺書をしたたむ。

正月二十日。病況依然たり。

正月廿一日。大石君又来診。最早気遣うに及ばずという。

正月廿二日。悪熱次第に去る。目下流行の風邪に罹るもの多く死する由。余は不思議にもありてかいなき命を取り留めたり。

正月廿五日。母上余の病軽からざるを知り見舞に来らる。

正月卅一日。病後衰弱甚しく未起つ能わず。却て書巻に親しむ。

二月朔。臥病。記すべき事なし。

二月二日。臥病。

二月三日。大石君来診。

二月四日。病床フォガツァロの作マロンブラを読む。

二月六日。啞々子来って病を問わる。

二月九日。病床に在りておかめ笹続篇の稿を起す。此の小説は一昨年花月の廃刊と共に筆を断ちしまま今日に至りしが、褥中無聊のあまり、ふと鉛筆にて書初めしに意外にも興味動きて、どうやら稿をつづけ得るようなり。創作の興ほど不可思議なるはなし。去年中は幾たびとなく筆乗らんとして乗り得ざりしに、今や病中熱未去らざるに筆頻に進む。喜びに堪えず。

二月十日。蓐中鉛筆の稿をつぐ。終了の後毛筆にて浄写するつもりなり。

二月十一日。烈風陋屋を動かす。梅沢和軒著日本南画史を読む。新聞紙頻に普通選挙の事を論ず。蓋し誇大の筆世に阿らんとするものなるべし。

二月十二日。蓐中江戸芸術論印刷校正摺を見る。大正二三年の頃三田文学誌上に載せたる旧稾なり。

二月十四日。建物会社社員永井喜平見舞に来る。

二月十五日。雪降りしきりて歇まず。路地裏昼の中より物静にて病臥するによし。

二月十七日。風なく暖なり。始めて寝床より起き出で表通の銭湯に入る。

二月十八日。近巷を歩まんと欲せしが雨ふり出したれば止む。

二月十九日。風月堂に徃き昼餉を食す。小説おかめ笹執筆。夜半を過ぐ。草稾後一回にて完結に至るを得べし。

二月二十日。終日机に凭る。昼過霰の窓打つ音せしが夕方に至りて歇む。

二月廿一日。浴後気分すぐれず。

二月廿二日。早朝中洲病院に電話をかけ病状を報ず。感冒後の衰弱によるものなれば憂るに及わずとの事なり。安堵して再び机に凭る。

三月三日。婢お房病あり。暇を乞いて四谷の家に帰る。

三月十七日。筆意の如くならず。銀座を歩む。千疋屋店頭覆盆子を売るを見る。二月の瓜も今は珍重するに足らざるなり。夜母上電話にて病を問わる。

三月十八日。玄文社劇評会の諸子、岡村柿紅君米国漫遊の別筵を山谷堀の八百屋に張る。夕刻人力車を倩って徃く。途上神田川の夕照甚佳なり。此の夜八百善の料理徃時の味なし。何の故なるを知らず。

三月二十日。天気好し。母上の安否を問わんと、新宿通にて人力車に乗る。途次横町の垣根道にて図らず戸川秋骨君に逢う。鬢髪蕭疎四五年前に比すれば別人の如し。夜家に帰るに俄に発熱三十八度に及ぶ。終夜眠を成さず。

三月廿一日。起出るに熱去りて気分平生の如し。風をおそれて家を出でず。

三月廿五日。風冷なれど本願寺墓地の木の芽雨中翠緑滴るが如し。歯痛みて悪寒を覚ゆ。

三月廿七日。晴天。中洲病院に往き診察を請う。午後全集第四巻校正に忙殺せらる。

四月十五日。木曜会なり。楽天居書斎の卓上に一盆の石楠花を見る。主人に問うに塩原山中の旅亭より贈来りしものなりと。石楠花は家内に病人などありて陰気なる時は、蕾のまま花開かずして萎るるものなり。嘗て日下部鳴鶴翁の家にて花開かざりしもの、楽天居に持来るや、忽花を見たる実例もあり、と語られぬ。此夕風陰湿なりしが幸にして雨に値わず。

五月九日。天候猶定まらず。新聞紙例によりて国内諸河の出水鉄道の不通を報ず。四五日雨降りつづけば忽交通機関に故障を生ずること、江戸時代の川留に異ならず。当世の人頻に労働問題普通選挙の事を云々すれども、一人として道路治水の急務を説くものなし。破障子も張替えずして、家政を口にするハイカラの細君に似たりと謂うべし。

五月十一日。積雨始めて晴る。母上丸の内所用の帰途なりとて陋屋に立寄らる。倶に晩餐をなす。

五月十二日。開化一夜草二幕腹案成る。連日の雨に宿痾よからず。懐炉を抱く。

五月廿三日。この日麻布に移居す。母上下女一人をつれ手つだいに来らる。麻布新築の家ペンキ塗にて一見事務所の如し。名づけて偏奇館という。

五月廿四日。転宅のため立働きし故か、痔いたみて堪難し。谷泉病院遠からざれば赴きて治療を乞う。帰来りて臥す。枕上児島献吉郎著支那散文考を読む。

五月廿五日。慈君来駕。

五月廿六日。毎朝谷氏の病院に往く。平生百病断えざるの身、更に又この病を得たり。

六月一日。晴。新居書斎の塵を掃い書篋几案を排置す。

六月二日。苗売門外を過ぐ。夕顔糸瓜紅蜀葵の苗を購う。偏奇館西南に向いたる崖上に立ちたれば、秋になりて夕陽甚しかるべきを慮り、夕顔棚を架せんと思うなり。

六月三日。木曜会。痔疾痊えざれば往かず。

六月四日。病大によし。夜有楽座に往く。有楽座過日帝国劇場に合併し久米秀治氏事務を執れり。

六月八日。居宅と共に衣類に至るまで悉く西洋風になしたれば、起臥軽便にして又漫歩するに好し。写真機を携え牛込を歩む。逢阪上に旗本の長屋門らしきもの残りたるを見、後日の参考にもとて撮影したり。

解説

病気と社会——文豪たちの言葉を手がかりに——

金　貴粉

はじめに

私たちはいま、世界的な感染拡大を引き起こした新型コロナウイルス感染症（COVID-19）の時代を生きている。未知の脅威との対峙は、病気そのものとの闘いだけではなく、人々の中にある不安や恐怖心をあらわにさせ、社会の分断やひずみを顕在化させる。感染者や治療にあたる医療従事者らへの差別、「自粛警察」と呼ばれる私的な取締り行為の出現とともに、労働環境や条件の悪化、経済的な格差という社会の矛盾も鮮明化させている。それは、歴史学者の飯島渉が「感染症に罹るのは個人だが、その背景には社会的要因がある。その意味で、感染症は社会的な病気である」[1]と指摘する通りだろう。

果たして未知の病に対し、過去、人類はどのように対峙してきたのだろうか。

本書で取り上げられている文豪たちもまた、当時、未知の感染症であったスペイン風邪（スペイン・インフルエンザ）という時代を生きた。

約百年前に流行したスペイン風邪は、日本へは全部で三回にわたり流行の波が襲来した。一つの波の期間は最長六カ月であったが、猛烈な感染ピークが二〜四カ月続き、多くの感染者とともに死者も出した。当然、当時の医療事情と異なるため、単純な比較はできないが、文豪たちが当時をどのように生きたのか、その著述は今読んでも大変興味深い。

本稿では、スペイン風邪の時代における感染症とそれに対峙する人々や政策、社会との関係について考えていきたい。

1．コレラの流行と「伝染病」対策

一九世紀後半、日本ではコレラの流行が繰り返しおこった。短時間で重症化し、死亡率も高かったコレラは強い感染力をもつ急性感染症として、人の移動とともにパンデミックを引き起こした。

一八七七（明治一〇）年西南の役の際、コレラの流行は明治維新後、はじめて起こった。この年八月に内務省から公布された「虎列刺病予防心得」（二十四箇条）には、発見した患者の届出義務や消毒法の奨励など、その後のコレラ対策に受け継がれる基本的な条項が含まれていた。さらに、一八八〇年の「伝染病予防規則」においては、医師が指定疾患六種を診断したときは、二十四時間以内に町村衛生委員に通知し、郡区長および警察を通じて府県庁に届け出る、府県庁はその情報をとりまとめ一週間ごとに内務省に報告することと決められた。

その後も、一八九七年の「伝染病予防法」において、ペストと猩紅熱が加わり八種、後にパラチフスと流行性脳髄膜炎が追加指定され、法定伝染病の届出が義務化された。[2] さらに政府は防疫策として、隔離の徹底をさせていく。一八七九年流行時には、隔離を強化する手段として病名票の貼付や避病院の設置が重視されていった。避病院は、患者を隔離収容させるために設けられたが、実際は治療法も定まらない中で、死亡者を増やすこととなった。避病院へ搬送する際は、警察はコレラ病と大書した旗を掲げるよう指示しており、コレラの脅威とともに、警察による強権的な対策に対し、「隔離」に対する患者や家族からの忌避感情はますます高まっていく。またそうした手法により、患者の隠匿を進める結果となっていった。

一八八六年の流行に際しては現実的な手段として交通遮断法をとることとなるが、そこでも日常生活に大きな支障を及ぼすことにより、多くの批判が噴出した。

もともと、日本では既存の知として「養生」が存在していた。しかし、急性感染症であるコレラを前に、肉体と精神の安定をはかり、天道にしたがって自制・自律的に無病長寿をめざすという「養生」では予防・治療の発想こそ内包していたものの、限界を生じさせた。そこに登場したのは、「衛生」という新たな知であった。人々の「生をまもる」ことを行政の役割と位置づけ、清潔法・摂生法・隔離法・消毒法の四つを「衛生」の処方として提示した。このうち、病者と未感染者との接触を阻止する隔離法と、病者や病死者の身体や身のまわりの品、家や地域などを消毒して二次感染を防ぐ消毒法は、いずれも「養生」には含まれなかったもので、感染させないことに重きをおいている。[3] これにより病をめぐって、行政が「衛生」を根拠に人と人とのあいだにわけ入り、その関係のあり方を規定していくこととなったのである。[4]

一九世紀後半は、細菌学の勃興期であった。ロベルト・コッホは一八八二年、一八八三年に相次いで結核菌とコレラ菌を発見する。また、北里柴三郎は一八九四年にペスト菌を発見し、志賀潔は一八九七年に赤痢菌を発見した。他の伝染病もまた、固有の細菌により感染、発病することが明らかになったのである。

ただし、当時の感染症対策は内務省衛生局の所管で、各府県警察部が担当していたため、取締りの側面を強く持っていた。隔離とものものしい消毒行為により、病気への恐怖だけではなく、周囲に知られるという脅威が広まっていったのであった。

2. スペイン風邪の流行と文豪たち

それでは、本書に登場するスペイン風邪は、いつ頃、どのように襲来したのだろうか。

明治後半になると、急性感染症は落着きをみせる。それにともない、一九〇〇（明治三三）年娼妓取締規則の制定により花柳病の検診が行われ、同年精神病者監護法の制定、食品衛生に関する法律の公布、一九〇四（明治三七）年肺結核予防令、一九〇七（明治四〇）年癩予防法などが公布され、慢性感染症に至る対策がとられるようになる。

そうした時代背景の中、スペイン風邪は世界を襲った。一九一八年三月にアメリカの陸軍基地から感染がはじまり、瞬く間に全世界に蔓延し、全世界の人口約二〇億人のうち六億人前後が感染し、死亡者は二～四千万人に達したと言われている。

速水融の『日本を襲ったスペイン・インフルエンザ』によると、この世界的大流行、いわゆるパンデミックは、日本にも三回やってきたという。第一波は一九一八（大正七）年五月から七月で、高熱で寝込む者は何人かいたが、死者を出すには至らなかった。これを「春の先触れ」と呼んでいる。第二波は、一九一八（大正七）年一〇月から翌年五月ころまでで、二十六・六万人の死亡者を出し、これを「前流行」と呼ぶ。同年一一月は最も猛威を振るい、学校の休校、交通・通信に障害が出た。死者は、翌年一月に集中し、火葬場が大混雑になるほどであった。第三波「後流行」は、一九一九（大正八）年一二月から翌年五月ころまでで、死者は一八・七万人である。「前流行」では、死亡率は相対的に低かったが、多数の罹患者が出たので、死亡数は多かった。「後流行」では罹患者は少なかったが、その五パーセントが死亡したという。このように、インフルエンザは決して一年で終わらず、流行を繰り返し、その内容を変えて襲来したのである。

それでは、当時、スペイン風邪流行の渦中に生きた文豪たちは、どのようにスペイン風邪を表現したのだろうか。岸田國士は、「風邪一束」の中でスペイン風邪について次のように記している。

流行性感冒という曲者は、近時、「スペインかぜ」なる怪しくも美しい名を翳して文明国の都市を襲い、あっと云う間に、幾多の母や、夫や、愛人や、子供や、女中の命を奪って行った。同じ死神でも虎列剌や、黒死病と違い、インフルエンザといえば、なんとなく、その手は、細く白く、薄紗を透して幽かな宝石の光りをさえ感ぜしめるではないか。

岸田はこの後、「恐ろしい風邪」をひいて、危うく一命を落としそうになった経験を綴っているが、それほど、この「スペイン風邪」という呼称から受ける高貴な印象と違い、恐ろしい脅威をもたらしたものであることがわかる。

実際に「スペイン風邪」という呼称については、前述の速水融の著書『日本を襲ったスペイン・インフルエンザ』によると、アメリカが発症地であるにも関わらず、他のヨーロッパ主要国が交戦中で、どの政府も自国でインフルエンザが流行していることを発表しなかったため、中立国なるが故に、流行の状態が世界に知れ渡ったことにあるとする。そのため、この頃から世界的に「スペイン・インフルエンザ」と呼ばれる破目になったという。[5]

現在ではこうした背景もふまえた上で、歴史的呼称としてそのまま用いられることが多いため、本稿でも文豪たちが使用した「スペイン風邪」という名称を使用することとする。しかし、現在も新型コロナウイルスをめぐって一国の大統領が特定の国名をあげた呼称を示す事例があり、未知の病への原因を他者に向ける（あるいは向けさせる）視線は変わっていない。この点については注視しなければならない。

続いて文豪たちの文章を見ると、当時の政府の政策に対し、批判の声をあげる者もいた。それが与謝野晶子であった。当時、与謝野家には十一人の子供がおり、彼女の心配は非常に大きかったと推測される。与謝野は政府の対策について、次のような憤りをこめた文章を発表している。

米騒動の時には重立った都市で五人以上集まって歩くことを禁じました。伝染性の急劇な風邪の害は米騒動の一時的局部的の害とは異い、直ちに大多数の人間の健康と労働力とを奪うものです。政府はなぜ逸早くこの危険を防止する為に、大呉服店、学校、興行物、大工場、大展覧会等、多くの人間の密集する場所の一時的休業を命じなかったのでしょうか。そのくせ警視庁の衛生係は新聞を介して成るべく此際多人数の集まる場所へ行かぬがよいと警告し、学校医もまた同様の事を子供達に注意して居るのです。社会的施設に統一と徹底との欠けて居る為に、国民はどんなに多くの避らるべき、禍を避けずに居るか知れません。

（「感冒の床から」）

この文章は、一九一八年一一月一〇日付の『横浜貿易新報』に発表されていることから、ちょうど第二波の最中にあったことが推測される。一般民衆に対し、人の密集する場所への自粛を促す一方、政府が「大呉服店、学校、興行物、大工場、大展覧会等、多くの人間の密集する場所の一時的休業を命じなかった」ことに対し、危険を防止していないとして、与謝野は鋭く批判している。

その後も残念ながら第三波が日本を襲うこととなった。その頃書かれた文章には、与謝野のスペイン風邪への対策が具体的に示されている。

私は家族と共に幾回も予防注射を実行し、其外常に含嗽薬を用い、また子供達の或者には学校を休ませるなど、私達の境遇で出来るだけの方法を試みて居ます。こうした上で病気に罹って死ぬならば、幾分其れまでの運命と諦めることが出来るでしょう。幸いに私の宅では、まだ今日まで一人の患者も出して居ませんが、明日にも私自身を初め誰れがどうなるかも解りません。死に対する人間の弱さが今更の如くに思われます。人間の威張り得るのは「生」の世界に於てだけの事です。

（一九二〇年一月二十三日）

（「死の恐怖」）

第二波に続き、第三波においても、多くの死者を出したことで、与謝野のスペイン風邪への恐れは高まっていたに違いない。「私達の境遇で出来るだけの方法を試みて居ます」とあるように、感染対策を徹底的に行うことで、何とか感染への恐怖心を落ちつかせていたのではないだろうか。

3．「衛生」観と排除の構造――菊池寛「マスク」を手がかりに

菊池寛は著作「マスク」の中で、心臓と肺、胃腸の不調のため、体調面で不安をかかえていたことを記す。その中で、「流行性感冒」の急激な広がりを受け、極力外出しないことを決める。また、どうしても外出しなければならない時には、「ガーゼを沢山詰めたマスク」をかけた。それは、「感冒」が収束に向かっても続いたのである。ほとんどマスクをつけている人がいない中でもつけ続けることは、菊池にとって勇気のいることであっただろう。実際、「マスク」には次のように記されている。

……流行性感冒は、都会の地を離れて、山間僻地へ行ったと云うような記事が、時々新聞に出た。が、自分はまだマスクを捨てなかった。もう殆ど誰も付けて居る人はなかった。が、偶に停留場で待ち合わして居る乗客の中に、一人位黒い布片で、鼻口を掩うて居る人を見出した。自分は、非常に頼もしい気がした。ある種の同志であり、知己であるような気がした。

自分は、そう云う人を見付け出すごとに、自分一人マスクを付けて居ると云う、一種のてれくささから救われた。

（「マスク」）

当時の日本では、マスクを付けるということが日常的に行われていなかったことが想像されるが、実際に一般の人々が感染予防のためにマスクを着用する契機となったのは、一九一八年から起こったスペイン風邪の流行からだという。[6] このとき、サンフランシスコを含むアメリカの一部の自治体ではマスク着用条例ができた。[7] 菊池は、マスクをつける自身について「自分が、真の意味の衛生家であり、生命を極度に愛惜する点に於て一個の文明人であると云ったような、誇をさえ感じた」としている。当時、「衛生」的であるということは、「文明国」における「文明人」であるという認識でいたことがわかる。この言葉からは、当時の価値観において、意識的にではないにせよ、「非文明国」とは異なる「文明国」人として、また、同じ日本人同士においても「非文明人」ではない自己の階層における「優位性」を意識していることがうかがえる。

近代以降登場した「衛生」概念は、単に清潔さなどを「生をまもる」ものとして浸透させただけではなく、それにともなうイメージを具現化させていった。

「衛生」概念の普及は、学校教育の場でも展開される。一八七二（明治五）年、「学制」制定により、「衛生」関連教科が含まれるようになった。教科名は「養生法（講義）」であり、下等小学の第五・四・三級（七・八歳相当）を対象とした。教科名では「養生」とされたが、実際の教授内容として想定されていたのは、西洋の近代的な衛生学・公衆衛生学であり、一八七四（明治七）年の「医制」の発布や一八七五（明治八）年の公衆衛生政策の担当部局（内務省衛生局）の発足に先行するものとして「衛生」教育を重視していたことがわかる。[8]こうして「衛生」教育は学校現場においても取り入れられ、人びとの生活習慣の中で衛生制度の浸透を促進させる後押しをした。

また、軍隊においても身体的経験や衛生思想教育を通し、健康のイメージを形成させていった。それに加え、明治二〇年代から昭和初期にかけてさかんに行われた衛生展覧会では、大正に入る頃には様々な工夫をこらして人びとの関心を引く展示を行った。田中聡は、著書『衛生展覧会の欲望』において、その展示は、見学者にとっては見世物的な要素に強い娯楽といった認識がなされていたことを明らかにしている。たとえば、一九一四（大正三）年に神奈川県下各地を巡回した衛生展覧会を見学した高等女学校一年生の女子生徒は、そこで、胎児の発育過程の模型や、各種毒キノコ、フグ、ひぜんの虫、ハエの産卵や畳にノミの巣くった状態などの模型、各種伝染病の伝染経路の説明図、トラホームになった眼のさまざまを描いた図、「病犬にくわれた人」の写真、喫煙者の肺の解剖模型、コレラ患者の腸模型、腸チフス患者の腸標本、培養細菌や寄生虫の標本などを見たという。横浜市衛生組合が開催した同展は四十五日間の会期中に三十数万人もの入場者を記録したのであった。感想文も当然、危険な行為や怖いものがわかったとするものが多かった。[9] 病気が個人における不利益にとどまらず、社会においても不利益であると示す点において、衛生展覧会は非常に効果的な手法であったといえよう。人々に未知の病に対する恐怖心を奇異な病気イメージを付加させることで、必要以上に増大させ、病気そのものだけではなく、患者等への排除を妥当としてしまう価値認識を人々の心象として植え付けたといえる。

「衛生」観を背景とした価値観は、「清潔」であるか否かという点においても現れた。川端美季は、近代日本で繰り広げられた公衆浴場運動について、単に身体の清潔を維持することだけを目的とするものではなく、「清潔な身体」は美徳、道徳性の高さを示すものとして捉えられ、「不潔な身体」とは悪徳、モラルの低下として見なされたと指摘する。[10]

さらに川端は、「清潔」な身体になることは社会に参加する市民性の獲得をも意味していたと述べる。この指摘をふまえると、それと反対に、「不潔さ」が可視化されることは、同時に「道徳性が低」い「市民性の不獲得者」の発見を促し、「清潔さ」の指標で分断を生じさせることにより、排除の構造を作り上げることになったと考えられる。

さらにこうした分断は、空間的な分断をもうむこととなる。安保則夫は衛生システムによって都市空間は均質な清潔空間と、そうでない「貧民部落」（スラム）とに空間的に配置されたとし、後者は貧民を差別し、囲い込んだものでありながら、政策実行後にはこの痕跡は消え、貧民部落そのものが差別を受けることとなると述べる。[11]こうして「衛生」的であるか否か、「清潔」であるか否かということを事由とした社会的排除の構造が作り上げられていった。

4. 植民地朝鮮における「伝染病」対策――病と貧困の関係から

内田百閒は、大学を出てから一年余りで陸軍士官学校の教官になった頃、月四十円の給与を得ていた。ちょうどその頃にはやったスペイン風邪について、次のように記している。

月手当四十円の時、運悪く西班牙風がはやって、私の家でも、祖母、母、細君、子供、私みんな肺炎のようになって、寝てしまったから、止むなく看護婦を雇ったところが、その日当が一円五十銭で、一月近くいた為に、私の月給をみんな持って行っても、まだ足りなかった。

お金を借りに行ったところが、こう云うお小言を食った。身分不相応と云う事は、贅沢の方面ばかりではない。看護婦を雇う力のない者が無理をして、後で借金するのは怪しからぬ。だれかが熱のあるのを我慢して起きればいい。みんなの世話をして、その為に死ぬとか、或は行き届かなかった為に子供が死んでも、それは貧乏の為だから止むを得ないのである。

……月手当四十円で、大勢の家族だから、病気をしない時でも、お金は足りなかった。

（「俸給」）

スペイン風邪の流行により、内田百閒一家は、全員罹患したのであった。当時、陸軍士官学校の教官であっても、就職したばかりであり、大家族を扶養しなければならなかった状況では、病気にかかると経済的、肉体的負担が大きかったことがうかがえる。病と貧困の因果関係は深く、それは健康を決定させる。

当時、植民地朝鮮においても日本（内地）同様、スペイン風邪が猛威を振るった。前述した速水融は、流行性感冒の報道は、一九一八（大正七）年一〇月一七日の『京城日日新聞』が「流行感冒蔓延す」と題して、京城中学の生徒や官吏講習会講習生を襲ったことを報じた記事が最初であるとする。その後、二一日には京城（現在のソウル）を始め、朝鮮全土に拡がり、多数の患者を出したのであった。[12]

一九一八年一二月二三日の『京城日日新聞』では、京畿道行政府は、「遅蒔きながら」と揶揄されながら、市内の全戸への注意書配布、救護班の巡回、予防接種の励行、マスクの実費配布など「防疫」を行っていることが掲載されている。しかし、死亡者は後を絶たなかった。

速水融は「朝鮮人の死亡率多き理由」（『京城日日新聞』一二月二五日付）の記事をあげ、「昨今薪炭の価格が高騰し、家計の貧しい者は十分購入できず、オンドルの火も夜中には消えてしまい、寒さが室内でも厳しく、流感に罹りやすく、いったん罹ると肺炎を併発し、死に至る場合が多いのだ」との報道内容から、「貧困がその理由だ」と指摘している。[13]

実際、速水氏が各種統計を整理したところ、死者数は、「日本内地」で四十五万人（人口の〇・八％）、「樺太」で三八〇〇人（人口の三・五％）、「朝鮮」で二十三万人（人口の一・四％）、「台湾」で四万九〇〇〇人（人口の一・三％）にものぼる。注視すべき点はやはり、日本「内地」に比べ、「外地」の死亡率の高さである。それはたとえば、「内地」と「外地」の違いというだけではなく、朝鮮における日本人と朝鮮人との違いにおいても現れた。罹患を防ぎ、病を治癒するためには、衣食住といった基本的な条件に加え、清潔な水など衛生環境が整えられることが重要である。

それでは、開化期から植民地期朝鮮における感染症対策はどのようになされていたのだろうか。次にその実態について見ていきたい。

一九一〇年の韓国併合後、衛生行政は警務総監部と内務部に二元化され、植民地統治が強化される中で、衛生行政は事実上、警察行政の一環となった。その結果、警察の衛生関連業務は拡大し、中央行政機関である衛生局の役割は縮小した。一九一一年四月内務部衛生課は廃止され、内務部地方局には大韓医院の後身である総督府医院と各地方に設立された慈恵医院が残された[14]。こうして、衛生警察が植民地住民の日常生活に介入するようになった。それは、植民地朝鮮において、伝染病の抑制のためには銃刀を突き付けることも躊躇しないほど抑圧的で強制的なものであった[15]。

伝染病予防については、一八八〇年代以来、朝鮮の衛生行政においてもっとも重要な課題として設定されていた。総督府の衛生行政においてもそれは継承され、一九一一年には海港検疫のための法令が整備されている（「海港検疫ニ関スル件」「海港検疫手続」）。さらに一九一五年には「伝染病予防令」が制定された。いずれの法令も、伝染病予防のために関係官吏が強制力を発動することを可能にした。とくに後者の法令は、伝染病予防のための清潔・消毒、伝染病患者の隔離、交通手段と旅客に対する検疫など広汎な事業を、特定の対象に対して強制的に実施することのできる権限を関係官吏に与えている。[16]

植民地朝鮮においてもコレラなどの急性感染症の流行が深刻であった。一八五九年から一八六〇年には五十万人、一八九五年に数万人が死亡したと推定されている。コレラは致死率が高く、また、当時はその原因と治療法がわからなかったので、人的被害が大きくならざるをえなかった。[17]

二〇世紀に入ると、コレラによる死亡者数は減少したが、コレラの流行はおさまらなかった。特に、一九一九年から二〇年にはコレラが大流行し、朝鮮総督府が把握しただけでも、一九一九年には患者一万六九一五人（死亡者一万一五三三人）、一九二〇年には同二万四二二九人（同一万三五六八人）が発生したとされる。[18]

それでは植民地期における感染症対策は、どのような効果をあげたのだろうか。

飯島渉の分析によると、植民地朝鮮においては急性感染症のうちコレラ・天然痘の感染は減少傾向にあったものの、赤痢・腸チフス・ジフテリアの抑制は困難であった。[19] 結核、性病、ハンセン病などの慢性感染症も明らかに増加傾向にあった。特に結核は、在朝日本人が横ばい状態だったのに比べて朝鮮人の増加傾向は明らかであった。[20]

植民地朝鮮における感染症に関しては、都市化、産業化、階層分化（貧困化）あるいは人々の移動範囲の広がりなどによって流行が助長される側面と、医療・衛生事業や都市インフラの整備によって流行が抑制される側面とがあった[21]。植民地朝鮮における衛生行政の特徴として、警察や軍隊などの暴力が伴った点と、宗主国の人々と植民地の人々の衛生条件の間に著しい差が存在したということがあげられる。前述したスペイン風邪における朝鮮人の死亡率の高さもまた、植民地支配下の衛生行政に加え、衛生環境を整えることができないほどの経済的貧しさがあったからだといえるのではないか。

おわりに

感染症は人の移動とともに広がり、蔓延する。現在の日本は、文豪たちが生きたスペイン風邪流行時と医療水準、経済規模において全く異なる。しかし、国境を越えてさまざまなものを流通させているグローバル化の時代において、新たなウイルスによる感染リスクから私たちは逃れることができない。COVID-19に対する有効なワクチン開発が進められているが、社会や時代が変わっても、その対抗策として私たちは不要不急の外出を控えることと、マスク、うがい、手洗いといった単純な対策しかもちえない。

その中で、文豪たちのスペイン風邪についての描写は、既視感を抱かせるものであった。

文豪たちもまた、未知の脅威にさらされた。病気そのものとの闘いだけではなく、内面に抱える不安や恐怖心をあらわにさせ、社会の分断やひずみを感じざるをえなかったのではないか。スペイン風邪終息もつかの間、数年後に起こった関東大震災で、植民地朝鮮から経済的理由等で日本に渡らざるを得なかった朝鮮人らが虐殺されたことを想起せざるを得ない。

チョハン・ジニによる「貧しいほど病気になりやすく、病気にかかれば貧しくなる。健康不平等社会を生きている。個人の生活習慣と努力で健康を守ることができるという幻想によって病気が社会的結果であるという事実は消し去られる[22]」という言葉は、いまなお、私たちが「健康不平等社会」を生きていることをつきつけるのである。

【註】

1　飯島渉「COVID-19と「感染症の歴史学」」『コロナの時代の歴史学』歴史学研究会編、二〇二〇年、一六頁

2　中馬充子「近代日本における警察的衛生行政と社会的排除に関する研究―違警罪即決と衛生取締事項を中心に―」西南学院大学人間科学論集 第六巻 第二号、二〇一一年二月、一五一頁

3　石井人也「「衛生」と「自治」が交わる場所で―「コロナ禍」なるものの歴史性を考える」『コロナの時代の歴史学』歴史学研究会、二〇二〇年、一〇一～一〇二頁

4　成田龍一「身体と公衆衛生―日本の文明化と国民化」歴史学研究会編『講座世界史 四 資本主義は人をどう変

えてきたか』東京大学出版会、一九九五年

5 速水融『日本を襲ったスペイン・インフルエンザ―人類とウイルスの第一次世界戦争―』藤原書店、二〇〇六年、四十九～五十頁

6 アルフレッド・W・クロスビー『史上最悪のインフルエンザ 忘れられたパンデミック』西村秀一訳、みすず書房、二〇〇四年、一三一～一四九頁

7 住田朋久「鼻口のみを覆うもの―マスクの歴史と人類学にむけて」『現代思想』第四十八巻第七号、二〇二〇年五月、一九六頁

8 香西豊子「二一世紀の疫因論」『現代思想』第四十八巻第七号、二〇二〇年五月、一六二頁

9 田中聡『衛生展覧会の欲望』青弓社、一九九四年

10 川端美季『近代日本の公衆浴場運動』法政大学出版局、二〇一六年、一三二～一三三頁

11 安保則夫「都市衛生システムの構築と社会的差別」『歴史学研究』七〇三号、一九九七年

12 速水融『日本を襲ったスペイン・インフルエンザ―人類とウイルスの第一次世界戦争―』藤原書店、二〇〇六年、三九二～三九三頁

13 速水融『日本を襲ったスペイン・インフルエンザ―人類とウイルスの第一次世界戦争―』藤原書店、二〇〇六年、三八九頁

14 辛圭煥「20世紀前半、京城と北京における衛生・医療制度の形成と衛生統計―「植民地近代性」論批判―」『歴史学研究』八三四号、二〇〇七年、二四頁

15 朴潤栽『韓国近代医学の起源』（慧眼、ソウル、二〇〇五年）、三三〇～三七二頁

16 松本武祝「植民地朝鮮における衛生・医療制度の改編と朝鮮人社会の反応」『歴史学研究』八三四号、二〇〇七年、六頁

17 辛圭煥『疾病の社会史―東アジア医学の再発見―』（サルリム出版社、坡州、二〇〇六年）、四〇頁

18 朝鮮総督府警務局『昭和十四年 朝鮮防疫統計』（朝鮮総督府警務局、一九四一年）、六頁。

19　飯島渉「医療・衛生事業の制度化と近代化―『植民地近代性』への試論―」濱下武志・崔章集編『東アジアの中の日韓交流』慶應義塾大学出版会、二〇〇七年、二四八頁
20　朝鮮総督府警務局『昭和十四年 朝鮮防疫統計』（朝鮮総督府警務局、一九一四年）、二五四～二六四頁。
21　松本武祝「植民地朝鮮における衛生・医療制度の改編と朝鮮人社会の反応」『歴史学研究』八三四号、二〇〇七年、六頁
22　チョハン・ジニ「なぜ病んだ人たちがあやまらないといけないの」『現代思想』四七巻第八号、二〇二〇年五月、二三二頁

百年前の隣人たち

紅野謙介

「スペイン風邪」というのは通称であって、正確な呼称ではない。英語圏では“Spanish flu”（スペイン・インフルエンザ）あるいは“1918 flu pandemic”（一九一八年型インフルエンザ感染症）と呼び、H1N1インフルエンザA型ウイルスによる感染症にあたる。「風邪」と「インフルエンザ」はウイルスの種類も違うし、症状もあらわれ方も大きく異なる。[1]

スペインがこのインフルエンザ・ウイルス発祥の地というわけでもない。実はこのウイルス出現の経緯も、感染拡大の経路も、消滅した理由もまだよくわかっていない。現在では、一九一八年三月、カンザス州ライリーのアメリカ軍駐屯地にいた多くの兵士たちが罹患し、肺炎になったのがもっとも早い記録と推定されている。では、なぜスペインの名が冠せられるようになったのか。

スペインで「奇病流行」が報じられ、国王や政府の重臣までもが罹患し、公共機関の閉鎖があいついでいることが世界中に伝えられたのは、同じ年の六月のことである。それ以前にもすでにヨーロッパ各地で新種のインフルエンザが流行していた。しかし、その情報を、ヨーロッパの主立った国々は公表しなかった。第一次世界大戦のまっただ中だったからである。交戦国は、兵站を守るためにも、国内の不利な情報は兵士にも伝えない。軍隊でインフルエンザが流行っていることも隠すし、兵士の故郷にいる家族がパンデミックに襲われていることも秘匿する。士気に関わるからである。公表したのは、第一次世界大戦に参戦していない中立国である。スペインは、北欧各国、スイス、オランダ、アイルランドとともに中立の立場を取っていたため、感染拡大のニュースが報じられたのである。

ピレネー山脈をはさんでヨーロッパに連続した地続きとはいえ、イベリア半島でも、スペイン南部は八世紀からイスラム圏に支配された歴史をもつ。一三世紀になってレコンキスタ（国土回復運動）が盛り上がり、支配権を奪い返すまで、イスラム文化は半島のすみずみに入り込んだ。キリスト教文化圏にとって、スペインは異質な地として捉えられ、新型のインフルエンザはまさに正しく公表したにもかかわらず、スペインと関連づけられて命名されたのである。

「欧州大戦」という呼称がその後、「世界戦争」（World War）と改名される戦争によって、この「スペイン風邪」は、世界中に蔓延し、戦死者一千万人をはるかに超える数倍もの人々に死をもたらすことになる。それは戦争参加国が帝国主義と植民地主義の政策をとり、戦場となったヨーロッパに、アフリカ、オセアニア、アジア、北米から大量の兵士や労働者を送り込み、シャッフルしたことによる。

インフルエンザは感染者数が増えていくにしたがって、ウイルスを変異させる。新たな変異型ウイルスによって毒性を増し、症状を悪化させることがある。それぞれ異なる生活圏、環境に生育し、多様な遺伝子情報をもった人々が密集し、入り交じれば、ウイルス変異のパターンもまた複雑化する。初期の感染と、一九一八年夏以降の感染では、症状の悪化が著しく、感染力も増していった。ウイルスを保有した兵士や兵站の労働者たちが船で海を渡り、港に停泊しては、感染を広げ、故国へ持ち帰った。世界戦争というグローバリズムの暴力が、「スペイン風邪」を制御不能なパンデミックへと押し上げたのである。

日本における感染の第一波は、内務省衛生局の記録では、一九一八年八月から一九年七月までとされる。このとき二一一六万人が感染し、二五万七千人が亡くなった。致死率は一・二二%である。第二波は一九一九年一〇月から二〇年七月までで、このときの患者数は二四一万人であったが、死者は一二万七千人を数え、致死率五・二九%にまで上がった。さらに流行は第三波に及び、一九二〇年八月から二一年七月までに患者二二万人、死者三六〇〇人超で、致死率は一・六五%であった。総体で二三八〇万人が患者となり、死者は三八万八千人にまで及んだ。当時の日本の人口はおよそいまの半分であるから、現在ならほぼ二倍の数字にあたる。すさまじい数字である。当時の日本社会がよくパニックにならなかったと思うほどである。

さて、本書に集められた小説、エッセイ、日記は、主にこの「スペイン風邪」が日本にも侵入し、猛威を振るうなかで書かれている。のちに「スペイン風邪」を取り入れた小説も書かれるのだが、ここでは現在進行形のパンデミックと向き合った、ないしその痕跡の強い文学者たちのドキュメントが選ばれている。

志賀直哉は二篇の短篇を書いている。「十一月三日午後の事」は、雑誌『新潮』の一九一九年一月号に掲載された私小説である。一月号は一二月に発売されているから、執筆は一一月中のことで、おそらく実際に散歩の途中で倒れ伏している演習中の兵隊たちを目撃して、間をおかずに書かれたのだろう。当時、志賀は我孫子に居をかまえていた。作中では、一度も「スペイン風邪」という言葉はない。語り手の「私」も兵隊たちの衰弱を、理不尽な軍事演習のためととらえているフシがある。しかし、大和田茂の調査[2]によれば、「近衛師団の行軍騒動／流行感冒のため

／三百六十名落伍す」という記事があるという。実際に「近衛師団約四百人」が罹患した（『東京朝日新聞』一九一八年一一月八日）。三日の未明に東京から我孫子に行軍した歩兵が次々に倒れたのだが、それは「流行感冒」による発熱や倦怠感に加えて、猛暑の強行軍によって熱中症にもなり、ひどい脱水症状を起こしたと考えられる。

「私」はそうした多くの兵隊のすがたをつぶさに見て、「不快」を感じるとともに、「何か狂暴に近い気持」に襲われ、涙ぐむ。「私」の強いまなざしは、ぐったりした兵士たちの生気を失った表情や顔色、力をなくした手足をとらえている。その情景は生命に加えられた不条理に対する反発と憤りとなって、身体的な共鳴のように「私」を揺さぶった。わずかそれだけの見聞記なのだが、見ることによって情動の伝播が起きていくさまが、簡潔な筆致で描かれている。

ここには、この小説が収められた志賀の『和解』（新潮社、代表的名作選集第三三、一九一九年四月）に付けられた「後日談」も載せておいた。これは伝聞のかたちではあるが、兵士が自死しなければならないほどつらかったとすれば、肺炎による呼吸困難の苦痛があったのではないだろうか。いずれにせよ熱中症ならばふつう意識を失う。そうではなかったということである。

実際、「スペイン風邪」は軍隊と学校と工場を通して感染を広げた。一九一九年一月に呉に寄港した軍艦「矢矧」は、シンガポールで乗組員が感染し、乗員四六九名のうち、四八名が感染による合併症で亡くなっている。前年夏から始まった日本軍によるシベリア出兵でも、「スペイン風邪」は多くの死者を出した。一九一八年一〇月から一一月にかけては、とりわけ日本国内で第一波の感染ピークとなった時期である。我孫子までの軍事演習は「無知」を通り越して狂気の沙汰だと、今なら批判されるだろう。

考えてみてほしい。この時期は米騒動とその鎮圧の責任をとって、元帥陸軍大将であった寺内正毅が総理を辞職し、九月からはジャーナリスト出身の原敬が民間人で初の首相をつとめていた。「平民宰相」という言葉が飛び交い、「大正デモクラシー」が叫ばれたときでもある。第一次世界大戦の終結は目前に迫っていた（ドイツと連合国の休戦協定は一一月一一日だから、ほぼ一週間後）。「平民」の感覚に即した政治と、平和への期待が高まっていたときでもある。

しかし、簡単に切り替わることはできない。唯一のマスメディアであった新聞や雑誌は政府の情報統制の元に置かれていた。米騒動自体、報道管制下に置かれていた。鎮圧後の八月二五日には、『大阪朝日新聞』が寺内内閣批判の集会を報じて、「金甌無欠の誇りを持った我大日本帝国は今や恐ろしい最後の裁判の日に近づいてゐるのではなからうか。『白虹日を貫けり』と昔の人が呟いた不吉な兆が黙々として肉叉を動かしてゐる人々の頭に雷のやうに閃く」と書き、「白虹事件」を招いた。「白虹日を貫けり」の故事成句が秦の始皇帝暗殺にもとづくがゆえに、こじつけて天皇暗殺、政権転覆を意味すると曲解され、政府や右翼団体から激しい非難、暴力的な攻撃を受け、一〇月には村山龍平社長が退陣に追い込まれた。鳥居素川や長谷川如是閑らの優れた新聞人が退社したのもこのときである。「デモクラシー」のかけ声とは裏腹に、マスメディアはより強固な管理下に置かれていくようになった。

こうした事件や事象がこの年の夏から秋にかけて相次いでいる。狂暴な「スペイン風邪」の感染力の一方で、情報は制御され、人々のもとに正しく届いていたとは言いがたい。志賀直哉も、みずからの激しい「不快」感が何に由来するかはしかと分からないまま、目の前のこの現実への強い違和感を書きつけずにおられなかったのだろう。

「流行感冒」(『白樺』一九一九年四月)は、その志賀直哉が我孫子でも流行する「スペイン風邪」に怯え、近隣から手伝いに来ていた女中の「石」の不正直な言動にふりまわされ、感情の荒れるさまを描いている。うそをついた女中と、疑いをこらし、苛酷に過ぎる態度をとる主人。しかし、その「私」が「流行感冒」にとりつかれ、妻や他の女中にも感染させてしまう。すると、あれほど叱った「石」がまめまめしく介護してくれた。その「石」の嫁入りが決まり、一時、里帰りしてふたたび訪ねてくるまでが語られる。

菊池寛の「マスク」(『改造』一九二〇年七月)もそうだが、当時の作家たちも「スペイン風邪」の恐怖に神経をとがらせていた。公衆衛生の発想はまだ生活のなかに浸透していない。上下水道も完備されていなかった。尾崎紅葉や泉鏡花は、市街電車のつり革に直接、手で触れることを怖れて、ハンケチをはさんでつかまったという。近代人としての尖った神経を、清潔とは言いがたい人々の暮らしぶりや危うさにどのように適応させていくかが、作家のなかで葛藤があったことが分かる。

みずからの感覚や感情を絶対のものとした志賀直哉の「私」は、最初の子どもを赤ん坊のときに亡くしている。その記憶があるだけに二人目の赤児を守るために、妻や使用人たちに厳しく感染対策の指示を貫こうとする。その強面ぶりは読者もあきれるほどに頑固で強権的だが、やがて「石」の感染を怖れない介護のさまを見るや、一転して愛情を降り注ぐ。実体のないものへの不安と恐怖に襲われると、作家も知識人も感情は激しく波立ち、収拾がつかない状態になる。あとから考えると愚かしく、滑稽ですらある心の動きを、志賀は的確に描き出す。善悪を超えた情動のドラマは私たちにとっても他人事ではない。

既往症の有無が重症化するかどうかを左右するという。そのことを知らされて、基礎疾患の経験者はとりわけ恐怖をあおられる。菊池寛の「私」は「神経衰弱の恐怖症」になるほどである。しかし、徐々に流行が収まるにつれて、マスクをつけるかつけないかが踏み絵になってくる。マスクをつけている者が少なくなると「てれくささ」を覚え、「生命を極度に愛惜する点に於て一個の文明人」なのだとあえて自負してみたりする。しかし、いざマスクを外すようになったとき、集団のなかで単身、「黒いマスク」をつけた青年を見つけ、「不愉快な衝動」を受け、内省を強いられるという話である。

非常事態のなかでどのように身を処すかをめぐって、「マスク」は自意識の「仮面」ともなっていた。マスクをつける、つけないは、衛生観念や課されたモラルに対する選択でもある。あるときは、恐怖のためにマスクをつけることを公衆衛生の真の担い手だと正当化してみたり、つけないことが自分の感覚や感情、思想信条を貫くことにも見えたりもする。「マスク」はそのつどごとの文脈に応じて変化する記号となり、大多数によって動く集団的モラルへの踏み絵ともなる。果たしてどちらが正しいのか。菊池寛は志賀直哉が感情の絶対化に向かうのに対して、それを社会に表現することで意味が変化するさまを捉えている。

日本人が多く風邪のときにもマスクをつけるようになるのは「スペイン風邪」以降だが、それにしても、当時すでに「黒いマスク」が流通していたことが分かる。この小説ではそのマスクの「黒」が最後の印象を強めている。

谷崎潤一郎「途上」は、『改造』の一九二〇年一月号に掲載された短篇である。大正期に谷崎は多くの実験的な小説を書いている。これもまた最近「犯罪小説」にくくられるようなミステリーの一種で、しかも、プロパビリティーの犯罪を扱っている。古典的な探偵小説が最後に名推理を展開する探偵の語りによって事件の全容を明らかにするのに対して、探偵と犯人の二人のみを登場人物とし、道を歩きながら探偵と犯人が問答を重ねるという特異な設定になっている。そのやりとりを通して、探偵が被害者である妻を死の確率が高い方向に誘導していった犯人のたくらみを暴く話である。最終的に妻はチフスで病死したが、その前にパラチフスにかかり、「例の流行性感冒」にも二度かかったという。それよる重篤な肺炎からようやく回復して間もなく、チフスにかかってしまったのである。

面白いのは、「感冒伝染の危険」の度合いが議論になり、流行の絶頂期に「電車」に乗ることで感染する確率と、「乗合自動車」の確率が秤にかけられ、次いで「乗合自動車」のなかでも後ろの席か、前の席か、そこに自動車同士の衝突事故の確率が掛け合わされていく。「流行性感冒」に一度かかったものに「免疫」ができるかどうかという問いも、この議論のなかで言及される。

まさに論理的で言語的な「遊戯」の要素が強く、谷崎が小説の語りや仕掛けにこだわっていた時期の産物である。しかし、ここでいうプロパビリティーに私たちも振り回されていないか。飛沫と空気と接触、あるいは布マスクとウレタンマスクと不織布マスク、どれの感染確率が高いのか。感染者の致死率、年代別比率、検査の陽性率などなど。この間、私たちはパーセント表示に囲まれ、それらを比較してイライラしていた時期もあれば、もはやそれにもくたびれて茫然と数字を眺めるだけになったりする。しかし、必ず確率を計算し、行動原理にしている人がきっといるにちがいない。実は「途上」の湯河勝太郎や、私立探偵安藤一郎は今もなお、私たちの隣人ではないだろうか。

佐々木邦「嚔」は、『主婦之友』（一九二五年九月〜一一月）に掲載された中篇小説『女婿』の最初の一節を抜き出したものである。佐々木邦は、いまではあまり知られていないが、英文学者として活躍するかたわら、ユーモア小説の書き手として一世を風靡した作家である。『佐々木邦全集』が一九三〇年代にも大日本雄弁会講談社から出ているし、戦後の七〇年代にも全一〇巻で講談社から刊行された。この小説は、主人公の清之介君が会社の支配人の令嬢妙子さんと結婚式をあげたとき、妙子さんが大きな「くしゃみ」をしたことから始まり、花嫁が結婚式の当日に「スペイン風邪」に感染しておこるてんやわんやを描いている。感染の第三波からも五年ほどたち、次第に遠い「他人ごと」になったとはいえ、想定外の出来事にあわてふためいた人々がたくさんいたに違いない。ユーモラスなエピソードではあるが、この二年前には関東大震災も起きている。より大きな物理的災厄と復興のかけ声が過去のトラウマを薄めていったのかもしれない。

評論・エッセイ・日記では、与謝野晶子、岸田國士、内田百閒、永井荷風のものを掲げておいた。晶子が歌人というだけでなく、大正期にすぐれた批評家として活躍していたことはよく知られている。「感冒の床から」（『横浜貿易新報』一九一八年一一月一〇日）などを読むと、百年前にもパンデミックは政治的な不作為によって増幅していったことがはっきりと指摘されている。経済格差が解熱剤の質の差を左右し、感染の流行を持続させてしまう要因となっていることも、このときすでに批判されていた。しかも、この記事の末尾には「十一月七日」という日付が書き込まれており、志賀の「十一月三日午後の事」とほぼ前後して書かれていることに注意をはらっておこう。

一年二ヶ月たっても事態は好転していない。そのなかで晶子は「死の恐怖」（『横浜貿易新報』一九二〇年一月二五日）を書いた。あいつぐ大量死を前に、晶子は死生観を深化させたようだ。死を怖れるのは、生の欲望に執着しているからである。だから、過剰に死を恐れてあわてるなという。その上で、正しく生きるためにこそ予防せよという。

今は死が私達を包囲して居ます。東京と横浜とだけでも日毎に四百人の死者を出して居ます。明日は私達がその不幸な番に当るかも知れませんが、私達は飽迄も「生」の旗を押立てながら、この不自然な死に対して自己を衛ることに聡明でありたいと思います。

今もなお、この言葉は生きた言葉であるように感じられる。「人事を尽して天命を待とう」とは、当たり前すぎる言葉だが、平明さの裏側で、常識に根ざした与謝野晶子のたしかな思索が息づいている。私たちがそのコモンセンスをいかに忘れているかという痛切な批判でもある。

岸田國士「風邪一束」は、『時事新報』(一九二九年一月三、四日)に掲載されたエッセイである。すでに「スペイン風邪」からは十年近い時間が流れている。時の経過のなかで、過去は彩りゆたかに、くりかえされた危機の一つとして回想される。日本国内の海岸沿いの地方都市で「恐ろしい風邪」をひいたときや、台湾から香港に渡る船旅でのこと、パリからイタリアに発つ途中でのこと。大戦後のフランスに渡って前衛演劇運動にも関与したこの劇作家・小説家の文章を読むと、移動がたえず新たな「風邪」を引くこととつながっていたことに気づかされる。グローバルになり、移動すればするほど、新たなウイルスは人々を襲うだろう。そのウイルスを取り込みながら、人間は新たな変化をとげる。その残酷で不可逆的な歩みを、岸田は肯定する。

内田百閒「俸給」(初出不祥、『続百鬼園随筆』所収、三笠書房、一九三四年五月)では、「ス

ペイン風邪」の記憶は借金の思い出につながり、かすかな痛みをともなう。貧しい生活のなかで看護婦を雇ったことの是非、貧困を受け入れるかどうかをめぐるお小言、それらは苦い思い出だが、そうやって生き延びることができてよかったではないか。ここでの借金とは今でいう「生活保護」ふくめた社会保障だと言い換えてもいい。貸主のお小言は、今もなおくりかえされている。しかし、百閒は彼らがいつのまにか同じような境遇におちいったことをさりげなく告げた上で、みずからの貧しさのなかの贅沢が苦笑や憫笑に変わる瞬間を、おおらかな自己肯定のもとに描き出している。そう、追いつめられた人間が自分たちの生きてきた全経験を肯定しないでどうするのか。志賀や晶子がいうように、不愉快で理不尽な病はいつどのように襲ってくるか分からない。ならば、自暴自棄にならず、今あるこの生を大事にいたわりながら満喫しようではないか。百閒はそうささやいているように聞こえる。

永井荷風の『断腸亭日乗』（最初に公刊されたのは一九五一、二年の中央公論社版『荷風全集』第一九～二二巻においてである）を読むと、発熱や体調不良の記述が多く、いつからいつまでが「スペイン風邪」だったのかが判然としなくなる。大正九年の一九二〇年一月一二日に「夕餉の後忽然悪寒を覚え寝につく。目下流行の感冒に染みしなるべし」とあり、翌日には四〇度の発熱があるので、これがそうなのだろうが、「病臥」の言葉はそれ以前からしばしば記されていた。

四〇代ともなれば、だれしもそうだろうと思いつつも、一人暮らしの荷風の日常や身辺不如意に同情が及ぶ。

頁をくれば、「欧州戦争平定」のニュースや、「労働問題」の切迫に思いを致しながら、日本への嫌悪から海外へ脱出したいという願いをひたすら内向させてもいる。愛人の芸妓八重次との「情交」がすっかり絶えて、「友達」のようになっていることにかすかに物足りなさを覚えながら、その方がさっぱりしていいと思い切る。創作の意欲も衰えたと書きながら、「スペイン風邪」に冒されて「遺書」をしたためるに至って、急に「病床にありておかめ笹続編の稿を起」し、「創作の興」が湧いてきたことに喜びを見いだしたりもしている。麻布の「偏奇館」への転居もこの年になされていた。

病とともに生き、病とともに暮らし、その一喜一憂が社会の変化とともに記録されているのが、『断腸亭日乗』の魅力である。これを見ると、世界的な疫病禍を生きる孤独な中年男性の日々が浮かんでくるはずだ。そうか、こうやって荷風は災厄のなかをしのいだのか。派手でもなく、華々しくもない文学者の日常が、私たちにささやかな勇気を与えてくれる。文学の強みはこうしたところにもあるのではないか。

本書に収めることはできなかったが、中條（宮本）百合子の長編小説『伸子』（改造社、一九二七年三月）には、ヒロインが建築家であった父とともに渡米し、ニューヨークでコロンビア大学の聴講生であった時期に、スペイン風邪に罹患し、入院した場面が書かれている。一九一八年一一月、実際に父中條精一郎がまず発熱し、次いで看護していた百合子が感染した。異郷の地での闘病は心細かったにちがいない。このときの体験と、婚約していた佃の懸命な看護の思い出が長編第一部のクライマックスであるが、小説としては後半に描かれる夫婦の離婚をめぐる葛藤が中心となっている。

他にも武者小路実篤の恋愛小説『愛と死』（青年書房、一九三九年九月）が、「スペイン風邪」による恋人の死を物語上の効果として利用しているが、そこまで来ると、もはや、かつての結核と同じく、機械仕掛けの神（デウス・エクス・マキーナ）に等しくなる。

物語の額縁のなかに収めるのではなく、歴史的なパンデミックを普段着で迎えなければならなかったわが隣人たちがどのように苦しみ、嘆き、右往左往したかをとらえることをここではお勧めしたい。たしかに悲惨である。しかし、そのなかでも文学者たちは冷静に言葉を紡いでいたのである。

【註】

1 以下の記述は、アルフレッド・W・クロスビー『史上最悪のインフルエンザ――忘れられたパンデミック』（みすず書房、二〇〇四年一月、新装版二〇〇九年）、速水融『日本を襲ったスペイン・インフルエンザ――人類とウイルスの第一次戦争』（藤原書店、二〇〇六年二月）、内務省衛生局編『流行性感冒――「スペイン風邪」大流行の記録』（平凡社、二〇〇八年九月）に基づく。

2 大和田茂「志賀直哉のスペイン風邪小説二つ」（『日本古書通信』一〇九二号、二〇二〇年七月）参照。

著者紹介

志賀直哉（しが・なおや） 一八八三年～一九七一年

宮城県石巻で生まれ、東京で育つ。学習院在学中に武者小路実篤を知り、生涯の親交を結ぶ。東京帝国大学文科大学在学中に処女小説「或る朝」を執筆、一九一〇年武者小路や里見弴、有島武郎、柳宗悦らと同人誌『白樺』を創刊した。以後、「網走まで」「城の崎にて」「清兵衛と瓢箪」などの短編を発表。二一年『改造』に発表した「暗夜行路」は完結まで長い年月を要し、唯一の長編小説となった。父との不和など実生活を題材とした私小説・心境小説を書き、対象を鋭く捉えて写実的に描写する文章は高い評価を受け、代表作「小僧の神様」になぞらえて〝小説の神様〟と称された。四九年文化勲章を受章。

菊池寛（きくち・かん） 一八八八年～一九四八年

本名は寛《ひろし》。香川県高松市生まれ。第一高等学校で芥川龍之介、久米正雄らを知るが、一九一三年友人の窃盗の罪を着て退学。京都帝国大学英文科選科に進み、芥川らの勧めで第三次、第四次『新思潮』に参加。一七年頃から本格的に創作を始め、「無名作家の日記」「忠直卿行状記」「恩讐の彼方に」「真珠夫人」などを相次いで発表して作家の地位を確立。また、二三年文藝春秋社を創立して『文藝春秋』を創刊、二六年文芸家協会を設立し、三五年には旧友の芥川と直木三十五の名前を冠した芥川賞・直木賞を設けるなど、文壇で重きをなした。

佐々木邦（ささき・くに） 一八八三年～一九六四年

静岡県生まれ。六歳で上京、青山学院や慶應義塾、明治学院で学ぶ。卒業後は第六高等学校、慶應義塾大学予科、明治学院高等学部などで英語・英文学の教鞭を執る一方で、作家としても活動。『少年倶楽部』に連載された「苦心の学友」をはじめ、「愚弟賢兄」「ガラマサどん」などはそれまでの日本文学にはなかった〝ユーモア小説〟として人気を博し、多くの読者に迎えられた。米国の作家マーク・トウェインの「トム・ソウヤーの冒険」「ハックルベリー物語」の翻訳者としても知られる。

谷崎潤一郎（たにざき・じゅんいちろう）　一八八六年〜一九六五年

東京市日本橋生まれ。東京帝国大学文科大学国文科在学中に第二次『新思潮』を創刊、処女作の戯曲「誕生」や小説「刺青」などを発表して永井荷風から激賞される。以後、『痴人の愛』『卍』『蓼喰ふ虫』『春琴抄』『武州公秘話』などの代表作を次々と発表、特に三番目の妻である松子とその四姉妹をモデルにした大作『細雪』は名高い。晩年も『鍵』『瘋癲老人日記』などで話題を呼ぶ。『文章読本』『陰翳禮讚』などの評論でも知られ、『源氏物語』の現代語訳にも取り組んだ。一九四九年文化勲章を受章。

与謝野晶子（よさの・あきこ）　一八七八年〜一九四二年

旧姓名は鳳《ほう》志やうで、筆名・晶子の「晶」は本名の「志やう」に由来する。堺県（現在の大阪府堺市）に老舗和菓子屋の三女として生まれる。堺市立堺女学校時代から『源氏物語』などの古典に親しむ。与謝野鉄幹が創立した新詩社の機関誌『明星』に短歌を発表。一九〇一年不倫の関係にあった鉄幹の編集で処女歌集『みだれ髪』を刊行（直後に鉄幹と結婚）。以後、四十年にわたって歌作を続け、作品数は生涯で五万首を超える。女性解放論者としても活躍し、『源氏物語』の現代語訳にも取り組んだ。

岸田國士（きしだ・くにお）　一八九〇年〜一九五四年

東京市四谷生まれ。父は陸軍軍人で、一九一二年自身も陸軍士官学校を卒業、同期に甘粕正彦らがいた。一四年陸軍を休職、一七年東京帝国大学仏文科選科に入学。一九〜二三年渡仏。処女戯曲「古い玩具」と「チロルの秋」で注目され、以後は演劇・小説・

翻訳の分野で幅広く活躍。小説では「暖流」、翻訳ではフランスの作家ルナールの「にんじん」「博物誌」が有名。三七年岩田豊雄（獅子文六）、久保田万太郎と劇団文学座を旗揚げするなど演劇界でも重きをなし、新人劇作家の登竜門「岸田國士戯曲賞」にその名を残す。四〇～四二年大政翼賛会の文化部長を務めたため、戦後は公職追放に遭った。

内田百閒（うちだ・ひゃっけん）　一八八九年～一九七一年

本名は栄造、別号に百鬼園《ひゃっきえん》。岡山市に造り酒屋の一人息子として生まれ、筆名は市内を流れる百間川に由来する。東京帝国大学文科大学でドイツ文学を専攻する一方、夏目漱石に傾倒、門下の小宮豊隆、森田草平、芥川龍之介らと交わる。卒業後は陸海軍の学校や法政大学で教鞭を執り、一九二二年処女作品集『冥途』を刊行。三三年に刊行した『百鬼園随筆』で一躍文名をあげ、独特な諧謔味を持つ随筆家として活躍。六七年日本芸術院会員に推されたが「イヤダカラ」と辞退して話題を呼んだ。鉄道好きで、旅行記「阿房列車」シリーズも有名。俳句もよくした。

永井荷風（ながい・かふう）　一八七九年～一九五九年

本名は壮吉。官僚で漢詩人でもあった永井久一郎の長男として東京市小石川区で生まれる。官立高等商業学校附属外国語学校（現在の東京外国語大学）清語科中退。広津柳浪に師事し、小説『地獄の花』やフランスの作家ゾラの翻訳『女優ナナ』などで文名をあげる。欧米に五年間滞在して帰朝すると『あめりか物語』『ふらんす物語』などを刊行して〝耽美派〟を代表する作家と目される一方、慶應義塾大学教授となり『三田文学』を編集。その後、江戸趣味に傾倒し、花柳界など題材に『腕くらべ』『おかめ笹』『濹東綺譚』などを執筆した。大正期から死の前日まで書き綴った日記『断腸亭日乗』も有名。一九五二年文化勲章を受章。

初出一覧

「十一月三日午後の事」	「新潮」三十巻一号	一九一九年一月
※初出時タイトルは「十一月三日午后の事」		
「十一月三日午後の事　後日談」	『和解』代表的名作選集	一九一九年四月
「流行感冒」	「白樺」十年四号	一九一九年四月
※初出時タイトルは「流行感冒と石」		
「マスク」	「改造」二巻七号	一九二〇年七月
「噓」	「主婦之友」九月号	一九二五年九月
※「女婿」第一章として掲載		
「途上」	「改造」二巻一号	一九二〇年一月
「感冒の床から」	「横濱貿易新報」	一九一八年十一月十日
「死の恐怖」	「横濱貿易新報」	一九二〇年一月二十五日
「風邪一束」	「時事新報」	一九二九年一月三日、四日
「俸給」初出誌不詳	『続百鬼園随筆』	一九三四年五月　所収

初出一覧

※各作品の定本は以下の通り

「十一月三日午後の事」『志賀直哉全集　第三巻』岩波書店

「十一月三日午後の事　後日談」『志賀直哉全集　第三巻』岩波書店

「流行感冒」『志賀直哉全集　第三巻』岩波書店

「マスク」『菊池寛全集　第二巻』高松市菊池寛記念館

「女婿」『佐々木邦全集　補完五』講談社

「途上」『谷崎潤一郎全集　八巻』中央公論新社

「感冒の床から」『与謝野晶子評論著作集　第一八巻』講談社

「死の恐怖」『定本与謝野晶子全集　第一七巻』講談社

「風邪一束」『岸田國士全集　第二十一巻』岩波書店

「俸給」『新輯　内田百閒全集　第三巻』福武書店

「断腸亭日乗」『荷風全集　第十九巻』中央公論社

紅野謙介（こうの・けんすけ）

1956 年、東京都生まれ。早稲田大学大学院文学研究科博士課程中退。麻布高等学校教諭を経て、日本大学文理学部教授、同学部長。専攻は日本近代文学。メディア環境や多様な文化の広がりの中で文学を捉える試みを続けている。著書に『国語教育の危機』『国語教育 混迷する改革』（ちくま新書）、『書物の近代』（ちくま学芸文庫）、『投機としての文学』（新曜社）、『検閲と文学』（河出ブックス）、『物語岩波書店百年史 (1)「教養」の誕生』（岩波書店）などがある。

金 貴粉（きん・きぶん）

1980 年、北海道函館市生まれ。東京学芸大学大学院教育学研究科修了。2005 年より国立ハンセン病資料館学芸員。大阪経済法科大学アジア太平洋研究センター客員研究員、津田塾大学非常勤講師、国立感染症研究所ハンセン病研究センター感染制御部客員研究員も務める。在日朝鮮人ハンセン病回復者の歴史、朝鮮書芸史を主な研究テーマとし、2019 年に刊行した著書『在日朝鮮人とハンセン病』で第 3 回神美知宏・谺雄二記念人権賞を受賞。

シリーズ 紙礫 14

文豪たちのスペイン風邪　Literary & Pandemic

2021 年 2 月 26 日　初版第 1 刷発行

解　説　紅野謙介／金 貴粉

発行所　株式会社 **皓星社**

発行者　晴山生菜

〒 101-0051 東京都千代田区神田神保町 3-10
電話：03-6272-9330　FAX：03-6272-9921
URL http://www.libro-koseisha.co.jp/
E-mail：book-order@libro-koseisha.co.jp
郵便振替　00130-6-24639

装幀　藤巻 亮一
印刷　製本　精文堂印刷株式会社

ISBN 978-4-7744-0737-1 C0095